摩天楼のスペイン公爵

ジェニー・ルーカス 作

藤村華奈美 訳

ハーレクイン・ロマンス

東京・ロンドン・トロント・パリ・ニューヨーク・アムステルダム
ハンブルク・ストックホルム・ミラノ・シドニー・マドリッド・ワルシャワ
ブダペスト・リオデジャネイロ・ルクセンブルク・フリブール・ムンバイ

CARRYING THE SPANIARD'S CHILD

by Jennie Lucas

Published by Harlequin Japan, a Division of K.K. HarperCollins Japan, 2018

すばらしい日本の読者のみなさまへ

ありがとうございます！　『摩天楼のスペイン公爵』がハーレクイン・ロマンスの記念号に選ばれたことを大変誇りに思っています。

日本でわたしの本が出版されているなんて、いまだに夢のようです。2006年、わたしがまだ新婚で小さな子どもと大きなお腹を抱えていたとき、ロンドンから1本の電話がかかり、わたしの本が世界各国で出版されると聞きました。わたしは叫び、夫と赤ちゃんと一緒にキッチンで踊りました。何度も挑戦しては破れ、夢はもう叶わないと思っていました。夫が信じてくれていること、それだけがわたしの背中を押してくれたのです。

愛は夢を叶える後押しをしてくれます。ですが、ときに愛は、過去の夢をよりよい夢に塗り替えるヒントも与えてくれます。

それこそが、夢を叶えるためにNYでウエイトレスをしていた平凡なヒロイン、ベル・ラングトリーに起きたことです。何年も前に、彼女は間違った人を愛し、身も心も傷つきました。今はその顛末を受け入れようとしています。誠実で勇敢で優しい心を持つベルは、常に他人を優先し、彼らのよい面を見ます。

とはいえ、スペイン人大富豪サンティアゴ・ヴェラスケスは別です。彼女は出会った瞬間から彼が嫌いでした。ハンサムで尊大で冷酷な彼は、彼女が夢見る愛をあざ笑ったのですから。

それでも、ベルが悲しみの淵にいるとき、彼女の心の内を見透かしたのは彼でした。冬の海を見下ろす豪奢な邸宅で、二人の間の火花が大きな炎となって燃えさかったとき、彼によってベルはふたたび生きる力を取り戻したのです。

物語のアイディアはどこから得るのかとよく訊かれます。この作品は、アメリカを車で回った4日間の一人旅、命の強さが医学を凌駕した予想外の妊娠について実際に聞いた話などにインスパイアされました。また、取材のために母と訪れたスペインはとても美しい国で、そのすべてが大好きになりました。そして、わたしの夫――いつも夫がいてくれるおかげで、ロマンス小説の執筆という勇気の要る仕事ができています。

『摩天楼のスペイン公爵』を書くのはとても刺激的でした。みなさんがわたしと同じくらい本作を楽しまれますように。

記念号に選ばれて本当に嬉しいです。一生忘れません！

心をこめて
ジェニー

主要登場人物

ベル・ラングトリー……………ウエイトレス。
レティ・キュリロス……………ベルの親友。
サンティアゴ・ヴェラスケス……実業家。通称アンヘル。
サンゴヴィア公爵………………アンヘルの父親。
フラヴィラ侯爵オティリオ……アンヘルの異母兄。
ナディア・クルス………………アンヘルの元恋人。フラヴィラ侯爵夫人。
ジョーンズ………………………アンヘルの執事。
ダイナ・グリーン………………アンヘルの料理人。
アナ・フェルプス………………アンヘルのメイド。

1

ベル・ラングトリーは、アンヘル・ヴェラスケスを一目見た瞬間から嫌っていた。

まあ、厳密にいえば、少し違う。ベルも人の子だからだ。アンヘルに出会ったのは去年の九月にあった友人レティの結婚式で、彼女は花嫁の、彼は花婿の付添人だった。そのときはアンヘルの輝かしい魅力や長身、広い肩幅、筋肉質の体に目を奪われた。そして情熱的な黒い瞳を見て、すごい、夢みたいな男性って現実にいるのねと思った。

ところが挙式直前、アンヘルは花婿のほうを向き、〝ダレイオス、花嫁を置いて逃げるなら今のうちだぞ〟とそそのかしたのだ。それも、レティのいる前で！

新郎新婦は気まずそうに笑い飛ばしたものの、その瞬間からベルはアンヘルを目の敵にするようになった。彼の言うことはいちいち皮肉っぽく、聞けば聞くほど腹が立った。そのせいで十分とたたずに言い合いになり、結婚式が終わるころには、こんな人はいないほうが世の中のためだとさえ思った。根が正直なので、本人に向かってはっきりそう言いもした。もちろんアンヘルは嫌味を返してきて、その後の四カ月、二人は犬猿の仲だった。

ベルは今、レティとダレイオスが所有する、海辺に立つ館の裏にある雪の庭園にいた。暗闇を歩くうち、いつしか涙がこぼれていた。

薄手の喪服で震えながら、大西洋の荒れた海を見渡す。寄せては返す波のうねりは、彼女の鼓動と同じリズムを刻んでいた。

今日、ベルはずっと友人のかわいい赤ん坊を抱いていた。レティは父親の葬儀のあいだ、泣きどおしだったからだ。夜の集いが終わり、腕のなかですやすや眠る赤ん坊をレティに返したとき、ベルは胸の痛みに押しつぶされそうだった。だから小声で断って、逃げるように暗い雪の庭園に出てきたのだ。

外は冷たい風が吹き、赤くなった頬に流れる涙は凍りそうだった。胸の痛みと悲しみは癒えないまま、ベルはただ闇を見つめていた。

わたしには一生、子供ができない。

波音がささやき返している気がする。一生、一生……。

「ベル?」ざらついた声が呼びかけた。「そこにいるのは、きみなのか?」

アンヘル! ベルは息をのんだ。こんなときに、最悪の相手に見つかるなんて。

スペイン人である彼の傲慢なあざけり顔が、目に浮かぶようだ。子供ができないから泣いていると知ったら、どう思われるだろう?

ベルは霜の降りた木の後ろに身を潜め、どうか見つかりませんようにと祈った。

「ベル、隠れるのはやめるんだ」アンヘルがおかしそうに言った。「白い雪のなかで、きみの喪服はよく目立つ」

ベルは唇をかみしめ、木の背後から一歩踏み出して嘘《うそ》をついた。「隠れてなんかいないわ」

「だったら、そんな暗がりで何をしているんだ？」

「新鮮な空気を吸っていただけ」ベルは必死に言い繕った。どうか放っておいて。

館の二階の窓からもれる明かりで、アンヘルの姿ははっきり見えた。たくましい体は、仕立てのいいカシミアの黒いコートに包まれている。彼と目が合うと、ベルの体は感電でもしたかのようにしびれた。

アンヘル・ヴェラスケスはハンサムすぎる。ベルはおののきながら思った。あまりにも男らしくて、お金も力もありすぎる。

それに身勝手で皮肉屋で、プレイボーイでもある。大事なのは自分の莫大《ばくだい》な財産のみらしいから、巨大な金庫室にあふれる札束の海で背泳ぎでもしているのではないだろうか？

優しさや敬意をばかにする彼は、行きずりのベッドの相手をただ働きの従業員として扱うという。ベルの表情が険しくなった。腕組みをして待っていると、彼が雪を踏みしめて近づいてきた。数歩手前で、その足が止まる。

「コートも着ていないのか」

「別に寒くないわ」

「歯の鳴る音が聞こえるが。凍死するつもりか？」

「気になるの？」

「それはないな」アンヘルはやんわりと否定した。「凍え死にしたければすればいい。しかし、レティにまた葬儀の準備をさせることになるぞ。葬儀など面倒なだけだ。それをいうなら、結婚式も洗礼式もだが」

「人が心を寄せ合う場は全部、面倒なのね」

アンヘルは小柄なベルより三十センチほど背が高く、広い肩幅を尊大にそびやかしているのが雪の上の影でわかる。そして顔立ちは天使というか、堕天使のようだ。いばりたがりの神様がいるなら、その用心棒としてはちょうどいい。いくらお金持ちでハンサムでも、誰よりもひねくれていて薄情な彼は、人にあってほしくない特徴を残らず備えているからだ。

「おや」アンヘルが黒い目を細くし、雲間からもれる淡い月光に照らされたベルを見た。「泣いているのか、ベル？」

証拠を隠そうと、ベルは激しくまばたきをした。「いいえ」

「いや、泣いている」非情な唇があざけるように弧を描いた。「いくらお人よしでも、ちょっと度が過ぎないか。よく知りもしない誰かの死を悼んで一人、ビクトリア朝の頭のおかしい女性のように雪のなかにいるとは」

普段ならベルも黙っていなかったが、今日は悲しくて言い返せなかった。けれどあざわらわれるだけだから、その気持ちは顔には出せない。見つかったのが、アンヘル以外だったらよかったのに。「なんの用なの？」

「ダレイオスとレティはもう休んでいる。レティはきみを捜しに行きたがったが、赤ん坊がいるだろう？　そこでぼくがきみを客用寝室まで案内し、無事に引き上げたのを見届けて警報装置を作動させることになったんだ」

スペイン語のアクセントがある、かすれた声の英語は笑っているようで、ベルはますます目の前の男性が嫌いになった。それでいて彼を意識し、体は震えていた。

「今夜、フェアホルムに泊まるつもりはないわ」客用寝室で一人、悶々《もんもん》と夜を過ごすのはつらすぎる。「家に帰りたいから」

「ブルックリンに？」アンヘルはベルに疑わしげな目を向けた。「そうするには遅すぎる。街に戻る連中はみな、数時間前に出ていった。凍結で高速道路が通行止めになったんだ。解除されるのは何時間も先だろうな」

「あなたはなぜまだここにいるの？　ヘリコプターとか自家用機とかが、何機もあるんでしょう？　レティとダレイオスを気にかけているとは思えないわ」

「フェアホルムの客用寝室は快適だし、ぼくは疲れている。二日前はシドニー、その前は東京にいたんだ」アンヘルはあくびをした。

「明日はロンドンでね」

「ご苦労様」そう言いつつも、ベルは羨望を覚えた。彼女の長年の夢は、世界各地を旅することだったからだ。現実はお金がたまらず、格安チケットさえ手が出なかったけれど。

彼の官能的な唇の両端が持ちあがった。

「同情をありがとう。さて、『嵐が丘』みたいなまねはやめて、部屋に案内させてくれ。そうしたら、ぼくも自分の部屋に行ける」

「行きたければどうぞご自由に」疲れや涙の跡を見られたくなくて、ベルは顔をそむけた。

「わたしはもう帰ったと、レティには伝えておいて。街へは電車を使うわ」

「本気か？」アンヘルは不審そうにベルを見た。「どうやって駅に行く？　電車が動いているかどうかも怪しい――」

「だったら歩くわ」ベルの声が甲高くなった。「とにかく、ここには泊まらないから！」

アンヘルが動きを止めた。「ベル」声は今までになく優しい。「何かあったのか？」

彼が伸ばした手をベルの肩に置いた。その手が頬へ移動する。触れられたのは初めてで、寒い夜なのにベルの体は火がついたように熱くなり、唇が自然と開いた。

「だとしても、あなたに言うと思う？」

アンヘルの笑みが大きくなった。「ぼくが嫌いか?」

「嫌いだったら?」

「だからこそ言えるはずだ。ぼくがどう思おうと、知ったことじゃないだろう?」

「確かにね」ベルは苦笑した。その気になりそうで唇を固く閉じる。「でも、あなたはみんなに言いふらすでしょう」

「ぼくから人の秘密を聞いたことは?」

「ないわ」ベルはしぶしぶ認めた。「だけど、意地悪で無礼なことは言うじゃないの。ずけずけと——」

「面と向かってだけだ。陰口はたたかない」声が低くなる。「話してくれ、ベル」


雲が月を覆い、しばしあたりは闇に包まれた。ベルはふと、誰かと悲しみを分かち合いたくてたまらなくなった。お互いに最低だと思っている相手なら、何を話してもそれ以下の印象にはならないだろう。

そう思うと、妙に心がなごんだ。アンヘルに演技をする必要はない。子供のころから人前では明るくふるまってきた。でないと相手は離れていく。愛する人ならなおさらだ。

だからこそ、アンヘルにだけは何も気にせずに話せる。彼が永遠にいなくなるなら、パーティを開いてもいいくらいだ。ベルは深呼吸をした。「理由は赤ちゃんなの」

「小さなハウイーのことか?」

「ええ」

「ぼくもあの子は苦手だ。赤ん坊は……」アンヘルは天を仰いだ。「おむつを替えないとならないし、よく泣く。だが、どうしようもない。たいていの人は赤ん坊を欲しがるものだ」

「わたしもそう」雲が切れて月が顔を出した。月明かりのもと、涙が光る目でベルは彼を見つめた。「赤ちゃんが欲しいわ」

アンヘルが彼女を見つめ返し、鼻を鳴らした。「むろん、そうだろうな。きみのようなロマンティストは愛だの花だの、一式欲しがるはずだ」肩をすくめて続ける。「だからといって、なぜ泣く？　家族が欲しいなら、結婚すればいい。誰も止めはしない」

「でも……わたしには子供ができない」ベルはささやいた。「一生、無理なの」

「どうしてわかる？」

「だって……」ベルは雪についた足跡に視線を落とした。月光のせいで、二人の足跡が入り乱れて見える。「わかるのよ。医学的に不可能だから」

当然きかれるものと思って、ベルは身構えた。どうして医学的に不可能なんだ？　何があった？　それはいつで、なぜだ？

だが、アンヘルは驚くべき行動に出た。腕を伸ばしてベルを抱き寄せ、カシミアのコートでくるんだのだ。急に感じた彼のぬくもりは心地よかった。ベルの長い髪をなでながら、アンヘルは言った。「気にするな」

心臓が口から飛び出しそうななか、ベルは顔を上げた。彼の体の熱が気になっていた。

「ひどい女だと思わない？」彼女は身を引いた。「お父さんを亡くしたばかりのレティを羨むなんて。今日は一日、かわいい赤ちゃんを抱っこしながら、レティに嫉妬してばかりいた。友達として最低だわ」

「もういい」アンヘルがベルの顔を両手で包み、厳しい目を向けた。「きみは夢に生きる愚か者というだけだ。薔薇色《ばらいろ》のめがねを外せば、現実が見えるようになる」

「わたし……」


ベルが口ごもると、アンヘルは彼女の唇に指を押し当てた。「だがぼくでもわかる。きみはいい友人だ」

温かな指に唇がうずき、驚いたことに、ベルはそこにキスをしたくなった。一度も男性経験はないけれど、彼の指を口にくわえたい。なぜか、好きでもない目の前のスペイン人に引きつけられ、彼女は怖くなった。

震えながら顔をそむけて、アンヘルが誘惑した女性たちを思い出す。征服のあかしとしてベッドの柱に刻まれる傷の一つになりたがるなんて、どうかしている。けれど、彼の恐るべき魅力をひしひしと感じた今は、初めて彼女たちの気持ちがわかる気がした。

「むしろ、きみは運がいい」アンヘルが皮肉っぽい笑みを浮かべた。「赤ん坊や結婚というありがたくもない責任に、誰が一生縛られたいと思う?」かぶりを振る。「いいことなど一つもない。実刑判決と同じだからな。きみなら、もっとましなものが手に入る」

ベルは彼を見つめた。「家族以上にましなものってあるの?」

アンヘルがうなずいた。「自由だ」

「でも、自由なんかいらない」小声でベルは言った。「わたしは愛されたいの」

「人は手に入らないものを欲しがる」

「あなたには欲しいものがないのね。なんでも手に入るから」

「違う。欲しいものならある。この四カ月、ずっとある女性が欲しかった。だが、彼女はぼくのものにはならなかった」

四カ月ですって? 突然、ベルの鼓動が速くなった。まさか……もしかして……。

ニューヨークの大富豪にして、スーパーモデルでさえたやすく手に入るアンヘル・ヴェラスケスが、わたしを――テキサスの小さな町から来た、決してスタイルのよくない、ごく平凡なウエイトレスを本気で欲しがっているというの?

月明かりのもと、二人の目が合った。するとたちまちベルの体には火がつき、耳たぶから胸、足の裏までがかっと熱くなった。

「欲しいのに、手は出せないんだ」声を低くしてアンヘルが言った。「たとえ今、目の前に立っていても」

「だめなの？」ささやき声でベルはきいた。

「ああ」彼の唇がゆがんだ。「彼女が求めているのは愛だ。顔を見て声を聞けば、息をするようにそうだとわかる。手を出したら、彼女は全身全霊でぼくを愛して破滅するだろう」ベルを見る瞳の色は底なしの闇のようだ。「ぼくはそういう男なんだ。どんなに彼女が欲しくても、心はいらない」

アンヘルの黒髪には、銀色の光の輪ができている。その背後では館がおぼろげな影としてそびえていて、目には見えないが波が打ち寄せる音が聞こえた。

ベルの目がさっと細くなった。鋭い爪を持つ猫がねずみをいたぶるように、アンヘルはわたしをもてあそんでいるのだ。「やめて」

「なんだって？」

ベルは顎を上げた。「退屈なの、アンヘル？ベッドの相手が欲しいのに、近くにいるのはわたしだけなのね？」彼をにらみつける。「ほかの女性と違って、わたしはそんな口説き文句にはだまされないわ。本当にわたしが欲しければ、あなたは何があろうと突き進む。わたしの気持ちなんて考えもせず、容赦なく誘惑するに決まっている。プレイボーイってそういうものよ。欲しいなんて真っ赤な嘘。ただ退屈なだけでしょう」

「いいや、ベル」アンヘルが高価なカシミアのコートのなかに、再びベルを入れた。ぬくもりに包まれた彼女を、彼の黒い瞳が飢えたように見つめる。「ダレイオスとレティの結婚式以来、ずっときみが欲しかった。この世からいなくなれと、言われたときからだ」官能的な唇をゆるめ、ベルの両頬に手を添えた。そのまなざしが熱を帯びる。「だがきみがどう思おうと、純情な女性に対してぼくを愛するように仕向けたりはしない」

ベルの体じゅうが活気づき、恐怖とまぎれもない欲望が駆けめぐった。彼女は必死にその反応と闘った。

「あなたはわたしが恋に落ちると思っているの？」

「ああ」

ベルはあきれて鼻を鳴らした。「自尊心だけは健在みたいね」

「ぼくの勘違いなら、そう言ってくれ」アンヘルは焼けつくようなまなざしを注いだ。

「勘違いだわ」ベルはぞんざいに肩をすくめた。「尊敬できてすばらしいと思える男性に出会ったら、簡単に恋に落ちるかもしれない。でもあなたは違うわ、アンヘル」真っ向から彼を見返す。「どんなにお金持ちでセクシーでもね。わたしが欲しいのなら、おあいにくさま。あなたなんて欲しくない」

アンヘルの表情が変わった。月明かりで目がぎらりと光る。「そうか？」彼はベルの震える唇に親指を滑らせた。「本当に？」

「ええ」ベルは荒い息とともに答えた。身を引くことはおろか、黒い瞳から視線をそらすことさえできなかった。

アンヘルがベルの腕をなで下ろした。彼女を見つめるそのまなざしは、この世のものとは思えないほど美しく、心をそそられた。

「きみをベッドに連れていっても、ぼくに恋をしないというのか？」

「間違ってもね。あなたってひどい男性だから」そう言うあいだも、ベルは震えが止まらなかった。彼もそれを感じ取ったのか口角を持ち上げ、男らしく満足げな笑みを浮かべた。

アンヘルがそっとベルの髪に触れると、彼女の震えはさらに増した。彼のにおいは白檀《びゃくだん》とたき火を思い起こさせ、長いコートの内側にある体には力がみなぎっていた。

「では、ぼくも遠慮する理由がないわけだ。愛など忘れてくれ」アンヘルは優しくベルの顎を上に向けた。「後悔も、胸の痛みも、手に入らない運命にあるものは全部忘れるんだ。今宵《こよい》一晩は、この場で手に入るものから喜びを得るといい」

「つまり、あなたから喜びを得るの？」皮肉をきかせようとしても、鼓動が激しくてうまくいかない。息は苦しく、もの欲しげだ。

「今宵一晩、ぼくはきみを喜ばせたい。なんの束縛も約束も、将来もなしでだ」ささやく声は低く、手はベルの頬に置かれている。「今夜だけ向こう見ずになってくれ」

黒い瞳は食い入るようにベルを見ている。寒い一月の夜が七月のテキサスに負けないほど暑く思え、二人のあいだに火花が散った。

今宵一晩、アンヘルに身を任せる？　なんの束縛も約束もなしで？

ベルは驚きに打たれて彼を見つめた。

彼女は男性とベッドをともにした経験どころか、そんな雰囲気になったことさえなかった。二十八歳のバージンとして自分の夢は何一つかなえず、人の世話をして生きてきた。

だめよ。返事はノーだ。当たり前じゃないの。そうでしょう？

だが、返事をする機会はなかった。アンヘルが頭を下げてベルの頬にキスをしたのだ。尾を引くようにゆっくりとなまめかしく唇が肌を這《は》い、ベルは息を凝らした。唇が離れると、目を見開く。体じゅうが彼を求めて叫んでいた。「いいわ」思わず口にしてから、無鉄砲な自分に唖然《あぜん》とした。取り消そうとして口を開いたところで、思いとどまる。

〝今夜だけ向こう見ずになってくれ〟

そうしたことが一度でもあったかしら？　わたしはいつでもいい子だったんじゃない？　必死に家族に尽くし、まじめに生きてきて、いいことがあった？　ただ悲嘆に暮れ、ひとりぼっちになっただけでは？

ベルのためらいを見て取り、アンヘルの目がきらめいた。すぐさま大きな手をベルの顎に添え、それから下にやって髪に絡ませる。ゆっくりと唇が近づくにつれ、温かな息が甘く優しくベルの柔肌にかかった。

官能的な唇が重なり、甘美な舌が彼女の唇を開かせようとすると、ベルは二人のあいだの冷たい冬の空気が千度にもなった気がした。ただの一度も、こんなキスをされたことはなかった。七年前に耐えた、生ぬるい愛撫《あいぶ》とも比べものにならない。

熱く強引な唇とどこにでも伸びる手に、アンヘルの腕のなかにいたベルは我を忘れた。欲望の大きな波にのみこまれて分別は働かなくなり、自分の名前さえ思い出せなかった。

キスがここまですてきだなんて。

最初はおずおずと応えていたベルは、そのうちアンヘルの肩をつかみ、自分のほうへ引き寄せた。彼への憎しみも、これまでのみじめな思いも含めたすべてが情熱に変わったようだった。暗い冬の夜、波が音をたてて寄せるなか、彼女は夢中でキスを受けとめていた。

二人は長いあいだ、互いにしがみついていた。やがてアンヘルが身を引くと、ベルはもう元の自分には戻れなくなっていた。

見つめ合ううちに、空から雪が舞いはじめ

た。アンヘルが無言でベルの手を取り、館へと導く。凍った雪が、彼女のすり減った踵のない黒い靴の下でさくさくと音をたてた。

二人は色の濃いオーク材の羽目板やアンティークの家具がしつらえられた、十九世紀に建てられたという館に入った。なかが暗くて静かなのは、使用人たちも含めた全員が眠っているからだろう。

アンヘルは重厚な扉を閉め、警報装置に暗証番号を打ちこんだ。二階に行くのを待ちきれずにキスがしたくなり、二人で裏階段を駆け上がる。

ベルは震えていた。好きでもない男性に、衝動的に純潔を捧《ささ》げようとしているなんて、自分の行動が信じられない。

けれど、アンヘルに手を引かれて廊下のいちばん奥の客用寝室に入ったとき、ベルは怖くて息も継げずにいた。アンヘルが黒いコートを床に投げ捨て、すぐにベルを抱き寄せる。それから両手で彼女の顔をとらえ、腫れた唇に親指を滑らせた。

「きれいだよ、とても」彼がささやき、雪のついた肩までの茶色の髪に指を通す。「この美しさはぼくのものだ……」唇を重ね、貪るようにキスをした。

たちまちベルの全身は熱くなり、胸が重みを増し、体の芯から欲望が湧き起こった。愛撫する彼の両手は甘美な魔法のようで、気づいたときには背中のファスナーが下ろされて、喪服は床に落ちそうになっていた。一時間前は大嫌いだったのに、アンヘルの寝室で半裸になっているなんて信じられない。

唖然としているベルをベッドに横たえてから、彼はスーツの上着とベストとネクタイを取った。片時もベルから目を離さず、黒いシャツのボタンを外して筋肉が隆々とした胸をあらわにしたかと思うと、うなり声とともに彼女に覆いかぶさる。熱い抱擁とキスが同時に始まり、喉に軽く歯を立てられたベルは、枕に頭をあずけて目を閉じた。白いコットンのブラジャーの上から両方の胸を包みこまれたあとは、うずく胸の先を爪ではじかれた。

次の瞬間、アンヘルはホックを外してブラジャーを床に放り、頭を下げてベルの片方の胸に、続いてもう一方の胸にも口づけした。あまりにも鋭く荒々しい未知の刺激に、ベルはあえぎ、彼の肩をきつくつかんだ。するとアンヘルは体を上にずらし、あえぎ声がもれるベルの口を自らの口で覆った。唇は体のほうへ移動し、平らなおなかをたどっておへそを舌でつつき、さらに下へ向かう。

アンヘルが両手で彼女の腰をとらえ、腿のあいだに顔を寄せると、ベルは温かな息を肌に感じた。彼が優しく両方の腿に交互にキスをしてから、ショーツを脱がせる。そしてその腿を押し開き、温かな息でじらしながら、拷問にも思えるほどゆっくりと唇を近づけて味わった。

予想もしていなかった快感がはじけ、ベルは思わずアンヘルの肩に爪を立てた。なおも、彼の舌は熱い痕跡を残していく。

腰をつかまれて愛撫を受けるうちに、いつしかベルは体の下の毛布をつかんでいた。息ができずにいると、やがて星が見えてきた。優しくなぞっていたアンヘルの舌が体に差しこまれたとたん、悲鳴をあげる。自分の声だと気づいたのは、少ししてからだった。

アンヘルが舌をしだいに速く強く動かし、ベルは耐えきれずに体を弓なりにした。彼が太い指を一本入れ、さらに二本にする。快感は増すばかりで、ベルはついに耐えきれなくなった。

高く高く押し上げられて空の果てまで舞いあがり、粉々に砕け散ったとき、まわりでは幾万ものかけらが降り注ぐ音が優しく鳴り響いている気がした。これほどすばらしい経験は――純粋な喜びは初めてだ。

ほどなくアンヘルが体を起こし、残りの服を脱ぎ捨ててベルの腿のあいだに身を置き、彼女の腰をつかんだ。そしてベルがまだ余韻に浸っているなか、欲望のあかしを沈めた。

こうするのがぼくの夢だった。

この四カ月、アンヘルは何かにつけて彼を

軽蔑してばかりだった、罪深いほど美しいベルを誘惑することを夢見てきた。曲線が美しくおいしそうな裸身を組み敷き、ふっくらしたピンク色の唇を奪い、愛らしい顔が恍惚《こうこつ》となるさまを見たい。彼女を奪い、満たして、ともにのぼりつめたかった。

だが、ついにベルのなかに押し入った今、思わぬ抵抗にぶつかり、アンヘルは凍りついた。まさか……。

「初めてなのか?」愕然《がくぜん》として彼は尋ねた。

ベルの目がゆっくり開く。「もう違うわ」

彼の顎がこわばる。「痛くなかったか?」

「ええ」小さな声でベルが答えた。

なぜかその表情に、アンヘルは全身を震わせた。その声の何かが魂にまで訴えかけてきて、不思議な気持ちが――優しさが湧きあがる。その感情をはねのけるように、彼はぶっきらぼうに言った。「嘘だな」

「そうね」

柔らかく細い腕が彼の肩に伸ばされ、さらに引き寄せようとしたので、アンヘルは危うく果てそうになった。

「でもやめないで、アンヘル……」

自分の名前が呼ばれ、彼は息をのんだ。いくらロマンティストの理想主義者でも、今の世の中、無垢《むく》な女性がいるものか? だが、いたのだ。目の前の腹立たしくて刺激的な、すばらしい女性に触れたのは、ぼく一人なのだ。ここまで清らかな女性に近づくのは危険だと思い、アンヘルは逃げ出したくなった。

ところが今もベルのなかに深くうずもれた体は、正反対の意志を持っていた。欲望にほてる彼女の美しい顔を見ていると、震えと激しい飢えがこみ上げ、興奮は手足を伝って欲望のあかしまで達した。

アンヘルは優しくベルと唇を重ね、しだいにキスを深めた。そのあいだも彼女のあらわな体に両手をさまよわせ、胸をなでる。

ベルのくびれた体は女らしく、非の打ちどころがなかった。男なら誰もが、女神のような彼女をベッドに迎え入れられるなら死んでもいいと思うはずだ。しかも、女神は無垢だった……。

無意識のうちに、アンヘルはさらに深くベルのなかへ押し入った。キスをやめて、うめき声をもらすベルの胸に唇で触れると、彼女の息遣いは喜びの声に変わった。

アンヘルは唇にキスをしたままベルの腰をつかみ、胸を愛撫しながら慎重に動きだした。耳たぶから首筋までゆっくりと舌でたどると、彼の下でベルが体を反らし、新たな喜びが生まれたのか激しくキスを返した。

残りわずかだったアンヘルの自制心は、いよいよ失われていた。ベルは未熟ながら、彼のすべてを受けとめている。アンヘルは自分が大きすぎないか不安だったが、ベルは彼を締めつけ、肩に爪を食いこませていて、そのかすかな痛みに彼の快感はますます募った。ベルの低いあえぎ声が歓喜の叫び声に変わった瞬間、アンヘルは自分を抑えられなくなった。恍惚として目を閉じ、深々と彼女を満たす。うなり声を寝室のしじまに響かせ、今まで知らなかっためくるめく喜びに包まれながら、彼は自らを解き放った。

アンヘルは目をつぶって、ベルの上に倒れこんだ。そして、体を重ねたまま十秒ほど彼女を抱きしめ、深い安らぎに浸った。まるで我が家に帰ったような甘美な心地を、生まれて初めて味わっていた。

そこではっと目を開ける。大きな後悔が胸に広がり、口のなかは灰の味がした。

「本当ね」ベルがため息をつき、愛らしい顔に幸せそうな笑みを浮かべた。「向こう見ずに生きているって感じだわ。魔法みたい」アンヘルの裸の胸に身を寄せ、彼の腕を自分に巻きつけて夢心地で言う。「あなたも根は悪い人じゃないのね。少し好きになってきたわ」

窓から月明かりがもれるなか、アンヘルは苦々しい思いでベルを見た。

バージンの女性、それもロマンティストとベッドをともにして、まさかあんなに深い喜びを知るとは。体だけでなく、心でも……。

ベルがあくびをした。「誰かに聞かれなか

ったかしら」

「心配ない」アンヘルはそっけなく答えた。

「レティもダレイオスも別の棟にいるし、館は石でできている」ぼくの心もだ。

「よかった。レティに知られたら生きていけないわ。さんざんあなたの話をしておいて」

「どんな話をした？」

「あなたは非情で不愉快な人だとか」

「そんなことか。事実だから気にもしない」

「変な人」眠たげにベルが彼を見た。「あなたがどう思おうと、愛と結婚が実刑判決になるとは限らないわ。レティたちを見て」

「確かに二人は幸せそうだ」しぶしぶ認めてから、アンヘルは言い添えた。「だが、目に映るものが真実かどうかはわからない」

ベルの額にしわが寄った。「あなたは何も信じていないの？　何一つ？」

「ぼくは自分しか信じない」

「ずいぶんひねくれているのね」

「世の中をあるがままに見ているだけだ」

永遠の愛？　幸せな家庭？　三十五にもなれば、そういう奇跡はめったに起こらず、たいていは悲劇で終わるとわかる。「ぼくとベッドをともにしたことをもう後悔しているのか？」

ベルは首を振り、ほほえんだ。子猫のようにはにかむ姿は、息が止まるほど美しかった。

「こんなにいい気分なのに？　あなたがそばにいてくれてうれしいわ」またあくびをし、

目を閉じてすり寄る。「今夜はとても一人ではいられなかった。あなたは恩人だわ……」

彼の胸に頬をのせ、ベルは眠りについた。

アンヘルもこのまま眠りたくてたまらなかった。体は暖かなベッドで、ベルと寄り添いたがっていた。寒い一月の夜もこの先の寒い夜も、互いの腕のなかで慰めを得られたらどんなにいいか。

しかし、アンヘルの頭のなかでは警報が鳴り響いていた。

腕に抱いたベルの寝顔を、彼は見つめた。なんと美しく、思いこみが激しく、夢見がちで優しい女性だろう。そしておめでたい。

〝あなたは恩人だわ〟か。

アンヘルはどっと疲れを覚えて、慎重にベルから腕をほどいた。それからベッドを出て、床の上のコートのポケットから携帯電話を出し、専属パイロットの番号を押した。

相手は寝ぼけた声にならないよう必死だった。なにせ、冬の夜十一時なのだ。

「迎えに来てくれ。フェアホルムにいる」

返事を待たず、アンヘルは電話を切った。最後と思って見ると、月明かりを浴びたベルの寝姿はなんとも清らかだった。これまでの人生で彼女のように純真なころが、ぼくにあっただろうか？

口ではどう言おうと、ベルはぼくを愛したがるはずだ。なにしろ、彼女にとってぼくは初めての男なのだから。

アンヘルの顎がこわばった。そうと知っていれば誘惑しなかった。今まではバージンを避けてきた。相手が本気になるかもしれないからだ。

ところがたった今、ぼくは無垢なバージンを――ダレイオスの妻の友人を誘惑した。ナディアのあとは、二度と誰にも深入りするまいと心に誓ったのに。だめだとわかっている相手になぜ手を出した？

彼は『嵐が丘』をまた思い出した。読んだことはないが、ひどい結末は知っている。あれも恋愛小説じゃなかったか？　とかく恋愛はろくな終わり方をしない。現実の場合は特にそうだ。

アンヘルは静かに服を着て、小旅行用の鞄《かばん》を手に取った。だがベルの声が耳に残っていて、ドアの前でためらう。〝あなたは何も信じていないの？　何一つ？〟

彼女には嘘をついた。自分しか信じないと言ったが、本当は自分さえ信じていない。

一人で目覚めたら、ベルにもわかるはずだ。書き置きもなしとは、非情で不愉快と自ら認めるだけはある、と。

事実、そうだろう？　アンヘルは自嘲し、後悔と自己嫌悪を胸に廊下に出た。

ああ、ベルに触れなければよかった……。

2

気温の高い七月の黄昏時《たそがれどき》だというのに、ベルは歩道で震えていた。マンハッタンはアッパー・イーストサイドのこの通りに、アンヘルの優美な住まいはある。お抱え運転手つきのつややかな車から降りてきた身なりのいい客たちは、その邸宅の表階段を上ってドアのベルを鳴らし、執事に迎えられていた。

今の時代にそんな人を雇うのは、アンヘル・ヴェラスケスくらいのものだ。

けれど、ベルが入っていけない理由は執事ではなかった。ブラウンストーンの高級住宅の表階段を上る社交界の美女たちは、踵が十センチはあるハイヒールと、デザイナーブランドのカクテルドレス姿だったからだ。

ベルは自分のだぶだぶの特大Tシャツと伸縮性があるショートパンツ、ビーチサンダルを見下ろした。茶色の髪は無造作に後ろで束ねてある。華やかなパーティにはどう考えても似つかわしくない。

そもそもベルは招待されてもいなければ、アンヘルに会いたいわけでもなかった。一月にベッドをともにしたあとの、彼の仕打ちを思えば二度とごめんだ。冷酷で皮肉ばかり口にするプレイボーイとの一夜で純潔を失ったのは、一生後悔してもしきれない過ちだった。けれども、このままではニューヨークを出ていけない。妊娠したと彼に告げなくては。妊娠はまさに奇跡としか表現のしようがなかった。七年前、妊娠することは絶対にないと医師に宣告されたのだから。

ベルの唇にうっとりとした笑みが浮かび、両手がそっとおなかのふくらみに行った。アンヘルに誘惑された最悪の夜になぜか、驚くべき出来事は起こった。心の底からの願いがかなって、子供を授かったのだ。

ただ、一つだけ困ったことがある。

ベルの笑みが消えた。おなかの子の父親がよりによって……。

アンヘルには最初から言うつもりだったから、折り返し電話して、という伝言を何度も残した。彼が電話をくれなくても、ベルはうれしかった。これを口実に、わたしは好きなようにできる。父親になるとは告げずに、ニューヨークを去っていけばいい。

ただ、友人のレティは最後の努力をするようベルを説得した。〝秘密は必ずもれるものよ。わたしと同じ間違いをしないで〟

そこで不本意ながらも、街を出る前に目の前の高級住宅に――この世でいちばんいたくない場所に立ち寄ったのだ。

真夜中にアンヘルがベッドから抜けだして

以来、初めて彼と顔を合わせる……。そう思ったただけで、ベルは二ブロック先に停《と》めた小型トラックに戻りたくなった。そして高速道路を南にひた走り、テキサスに着くまで後ろを見ないでいたかった。

しかし最後に、人生が変わるような知らせをアンヘルに届けると決めたのだ。どんなにつらくても正しい行動をする。そう思って生きてきた以上、今さら臆病風に吹かれるわけにはいかない。相手が彼ならなおさらだ。

執事はベルに一瞥《いちべつ》をくれ、ドアを閉めながら見下すように言った。「使用人と配達の者は裏口にまわるように」

とっさにベルはドアに足を差しこみ、意を決して口を開いた。「すみません。アンヘルに会わせてください」

主《あるじ》の名前をなれなれしく口にされて、執事が唖然《あぜん》とした。口のきけるねずみが、ニューヨーク市長に面会を求めたかのような驚き方だ。「誰だね、きみは?」

「ベル・ラングトリーが至急会いたがっていると伝えて」顎をぐいと上げ、動揺を必死にごまかす。「一刻を争うんです」

執事が顔をしかめ、ベルの体が入る分だけドアを開けた。ビーチサンダルが壮麗な玄関の大理石の床でぺたぺたと音をたてる。一瞬見えた、舞踏室にいる裕福な社交界の人たちはシャンパンをたしなみ、そのあいだを銀のトレイを手にウエイターがまわっていた。

ベルははっと息をのんだ。パーティの主催者の頭と肩が、人垣の上に見えたのだ。背丈といい、黒髪のハンサムな顔といい、アンヘル・ヴェラスケスはあらゆる点で抜きん出ていた。

執事が高飛車に反対側の廊下を指さした。

「あそこで待っていなさい」

ドアを開けて入ると、そこは革の装丁本や木製の大きな机がある書斎だった。ベルは膝に力が入らず、高価そうな回転椅子に座りこんだ。遠くからアンヘルを見ただけで、今も頬はほてっている。面と向かったらどうなるの？　考えただけで怖くなった。

アンヘルに純潔を捧《ささ》げた夜は情熱と興奮が渦巻き、星に手が届いて、砕け散った魂がダイヤモンドみたいに夜空を彩った気がした。あんなにすばらしいひとときは、夢にも見たことがなかった。彼に捨てられるまでは。

翌朝、ベルは一人で朝食に下りていき、傷心と当惑を押し隠してレティとダレイオスにほほえみ、何もなかったふりをした。

冷血なアンヘル。彼は一夜の約束さえ、最後まで守らなかった。

フェアホルムを出たベルは、ブルックリンのちっぽけなアパートメントに戻った。二人の傍若無人なルームメイトはまだ親がかりのくせに、女優になりたいというベルの夢を、大して目立たないテキサスなまりを、ウエイトレスの仕事をばかにしていた。普段は聞き流すのに、アンヘルと過ごした夜のあとでは腹立たしく、救われない気持ちになった。オーディションにも落ちつづけ、アルバイトだけでは暮らしていくのがやっとだった。

しかし一カ月後、妊娠がわかって考え方は一変した。他人と共同生活をして夢を追いつづけ、生活費にも事欠く状態では我が子がかわいそうだ。この子の父親は冷酷非情で、折り返しの電話さえよこさない。

ニューヨークに出てきたころのベルは、希望に満ちあふれていた。十年を費やして二人の異父弟を育て上げ、夢をかなえようとようやく小さな町をあとにしたときは、二十七歳になっていた。

ところが、夢は一つもかなわなかった。お金持ちになる？　財布にあるお金は、テキサスを出てきた一年前よりも十ドル少ない。

劇場に自分の名がかかる？　ニューヨークのタレント事務所からはことごとく断られた。

何よりも、とベルは唾をのみながら思った。真実の愛――本物の、永遠に続く愛を見つける夢はどうなった？　大嫌いな男性の子を身ごもったにすぎなかった。

もうニューヨークはこりごり。故郷へ戻ろう。スーツケース二つにまとめた荷物は、トラックに積んである。残る仕事はあと一つ、アンヘルに妊娠を告げるだけだ。

けれど今になって、ベルは不安に駆られた。舞踏室にいる彼を遠くから見た程度でも卒倒しそうになったのに、訪ねてきたのは間違いでは？　やっぱり帰ったほうがいい――。

その瞬間、アンヘルが書斎のドアを押し開けて入ってきた。椅子に座るベルに射るような視線を放つ彼は、仕立てのいいスーツに包まれた長身の力強い体に怒りをみなぎらせていた。「ここで何をしている？」

数カ月間ぶりなのに、なんて挨拶かしら。ベルは身を硬くし、おなかの上で腕組みをした。「会えてうれしいわ」

背後のドアを閉め、アンヘルが険しい目でベルをにらんだ。「答えてくれ。ここで何をしている、ベル？　二度と会いたくないと、はっきり態度で示したはずだが」

「ええ、そうね」

「なぜ執事をだまして押し入った？　一刻を争うなどと言って」

「だましたんじゃないわ。本当だもの」

「ほう」アンヘルの唇がさげすむようにゆがんだ。「当ててみようか。ぼくなしではいられず、永遠の愛を宣言しに来たんだな」

冷たいあざけりに、ベルはひるんだ。「あなたを心から愛する女性なんているものですか」深呼吸をしてにらみ返す。「心配しないで。あなたのことは大嫌いよ。前以上にね」

アンヘルは奇妙な表情をしたが、すぐに冷たい笑みを浮かべた。「結構。では、なぜぼくのパーティを邪魔しに来た？」

憎々しげににらむ男性に、あなたの子供ができたなんて言える？「知らせたかったの……ニューヨークを出ていくから……」

「それが一刻を争う用事か？」疑わしげに彼が笑った。「今日はもう一つ、祝うことができたな。取り引きが一つ成立したほかにも」

ベルは息巻いた。「最後まで言わせて」

「どうぞそうしてくれ」アンヘルも腕を組み、領主が一介の小作人を見るような目をした。

「早く客のところに戻りたいんでね」

ベルは深く息を吸いこんだ。「わたし、妊娠しているの」小さな声が静かな書斎に響く。

「なんだって？」黒い目は滑稽なほど、ショックに見開かれていた。

ゆっくりとベルは椅子から立ちあがり、両腕を下ろして、特大のTシャツに包まれたおなかのふくらみを見せた。アンヘルが無言でいるあいだは息もできず、目を合わせるのも怖かった。愚かな心のどこかで、彼女は一縷《いちる》の望みを抱いていた。彼は驚くようなことをしてくれるのでは？　急に人が変わって、あの寒い一月の夜に垣間見せた温かく優しかった男性に戻り、わたしを抱き寄せて喜びのキスをするんじゃないかしら？

そんな期待は早々に消え失《う》せた。

「妊娠しているだと?」

ベルは危険を冒してアンヘルを見た。彼の顎はこわばり、目は怒りに陰っている。

「ええ」くぐもった声でベルは答えた。

次の瞬間、アンヘルは予想外の行動に出た。ベルのそばに来て、Tシャツの上から大きな手を当てておなかのふくらみを確かめたのだ。そして、やけどでもしたかのようにその手を下ろした。「医学的に不可能だと言わなかったか?」

「そう思っていたけれど……」

「子供は一生できないと言ったはずだ!」

「き……奇跡が起きたの」

「奇跡だと!」アンヘルが鼻を鳴らし、じっくりとベルを見つめた。「きみの才能ではブロードウェイの舞台には立てないと思っていたが、まんまとだまされたよ。金目当ての女性ではなく、無垢《むく》な天使だと思っていたら、結局は大した女優だったわけだ」

スペイン語のアクセントがある低い声に傷つき、ベルはふらふらとあとずさりをした。

「わたしがわざと妊娠したと思っているの?」

アンヘルが笑い声をもらした。「愛を語るあの熱弁も見事なら、庭で一人泣いているところをぼくに見つけさせ、子供ができない体だと打ち明けたのも感動ものだ。きみがそこまで嘘《うそ》つきだったとはね」

「わたし、嘘なんかついていない!」

「芝居はやめて、さっさと値段を言え」

「値段？」ベルはわけがわからずきき返した。

「ぼくが避妊具を使わないように仕向けた理由が、ほかにあるのか？　まつげを震わせ、ベッドにおびき寄せたのも――」

怒りのあまり、ベルの声が高くなった。

「そんなことはしなかったわ」

「金欲しさからだったんだろう。だが、認めるよ」アンヘルは冷ややかに言った。「努力した甲斐《かい》はあったな。ぼくをここまで完璧にだました女性はいない。問題は……」表情が変わり、顎に力がこもる。「いくらだ？」

「お金はいらないわ」めまいを覚えつつも、ベルは決然と言い放った。「あなたには知る権利があると思っただけだから」

「結構《ペルフェクト》だ」冷ややかに彼が告げた。歩いていき、ドアを開ける。「では、出ていってくれ」

ベルは唖然とした。我が子が生まれるという知らせを、これほど冷たく受け取る人がいるなんて。この人は責任すら感じていない。

「それだけなの、言うことは？」

「何を期待していた？」物憂げにアンヘルがきいた。「きみの前にひざまずいて、結婚してくれと言われることか？　がっかりさせて悪かったな」

ベルは信じられない思いだった。二十八年間、理想の相手を、真実の愛を夢見てきた。それが、身を任せたのがこんな男性だったなんて！　苦い怒りが喉元までこみ上げる。

「よく見抜いたわね。ええ、死ぬほどあなたと結婚したいわ、アンヘル。この世でいちばん非情な男性の花嫁になりたがらない女性がいる？　あなたと一緒に子供を育てたいわ」辛辣な笑い声をたてる。「あなたなら、さぞすばらしい父親になるでしょうね！」

彼の表情が険しくなった。「ベル――」

「わたしが嘘つき？　お金目当てですって？　あなたに誘惑された夜はバージンだったのに？」ベルは怒りに震えながら顎を上げた。

「だから、わたしを夢に生きる愚か者だと言ったの？　現実の厳しさを教えたわけね？」

「いいか――」

「来るんじゃなかったわ」ベルは今にも泣きそうだった。けれど、一月の暗い夜に泣いているところをアンヘルに見られ、甘いキスや言葉にほだされて身の破滅に陥ったのだ。目の前の男性に二度と弱さは見せられない。「子供のことは忘れて。わたしがこの世にいることも」ドアを出る前に立ちどまり、最後にもう一度だけ振り返った。「あなたにだけは、この子の父親になってほしくない」声がつまる。「今回の過ちを一生悔やむわ」

背を向けたベルは気取った執事や、裕福で美しい客たちの横をすり抜けていった。あの人たちの華やかな人生には、悩み事なんて一つもないに違いない。

外に出たベルは、表階段でつまずきそうになった。涼しい夜気のなか、ビーチサンダルで走りながらふと気づく。アンヘルは追ってもこない。

よかった。一九七八年製の古いシボレーの小型トラックにたどり着き、ベルはやかましい音のするエンジンをかけた。ハンドルを握っても、手の震えは止まらなかった。

出会ったその日から、アンヘルが心に暗い毒をかかえているのはわかっていた。なのに、どうしてみすみす誘惑されたの？

〝今宵《こよい》一晩、きみを喜ばせたい。なんの束縛も約束も、将来もなしで〟

ベルは嗚咽《おえつ》をこらえ、ハンドルを握りしめてニュージャージー州の高速道路を南へとひた走った。何があってもアンヘルを、せっかく授かった子供の父親にするものですか。

アンヘルが連絡をよこさなかった数カ月は、彼なんていないほうが自分と我が子のためだと思いこもうとした。けれど心のどこかでは、別の奇跡をひそかに願っていた。子供ができたと言えば、アンヘルも父親や夫になりたがり、彼と愛し合って幸せになれるかもしれない、と想像していた。

なんてばかだったの。

ベルは目を拭った。アンヘルはおなかの子を見捨てたばかりか、勇気を出して妊娠を告げたわたしを侮辱し、追い払った。

何よりもショックなのは、その仕打ちに驚いている自分だ。最初からアンヘルは、赤ん坊はお荷物で、愛はおめでたい人のものだと考えていたでしょう?

ベルは目が赤く腫れるまで泣きつづけた。真夜中にはモーテルに車を停め、夜明けまで途切れ途切れの睡眠をとった。

翌日は道が単調だったためか、危機をうまくよけられた気がしていた。あの冷たい卑劣漢に、心の平和を乱されることは二度とない。子供の心も踏みにじられずにすむのだ。アンヘルにあとで見捨てられるよりは、今きっぱり縁を切ったほうがいい。

三日目、テキサス東部のなだらかな緑の丘を越えて、なじみ深い景色が見えてくると、さらにベルの気分は晴れてきた。果てしなく広がる地平線に、心が安まる。目に映るのは生い茂るヤマヨモギと抜けるような青空、容赦ない夏の太陽だけだ。

かすかな胎動を感じ、ベルはおなかに手を当ててささやいた。「これでいいのよ」この子はわたしだけのもの。一生、この奇跡に感謝して、我が子にすべてを捧げよう。

まだ朝だというのに、気温は高かった。小型トラックの空調は効かないけれど、両側の窓は下ろしてある。片方の窓は上がらなくなっているから、雨が降らなくてよかった。

ベルは故郷の小さな町のはずれで車を停め、

深呼吸をした。異父弟たちがいないブルーベルは前と同じではなかった。レイはアトランタ、ジョーはデンヴァーに住んでいる。けれど、ここでは突拍子もないことは起こらない。

ところが、未舗装の私道を走りはじめるなり、ベルはブレーキをかけた。ヤマヨモギの草原に、大きな黒いヘリコプターが見える。

ベルは息をのんだ。よく見ると、着陸したヘリコプターの近くにはボディガードのような大男が二人、控えている。もしかして……。

止めていた息を吐いてまっすぐ前に目をやると、ペンキのはがれた木造の古い家が視界に入り、今度は心臓が止まりそうになった。

板張りのポーチで苦々しげに腕を組んで立っているのは、アンヘルだ。

いったいここで何をしているの？

恐怖で心臓が大きく打つのを感じながら、ベルは小型トラックのエンジンを切った。深呼吸をしてから車を降り、結んだ長い茶色の髪を払うと、錆《さび》ついてきしむドアを閉めた。

「テキサスになんの用？」顎を上げ、声の震えをごまかしてきく。「当ててみましょうか。新しい侮辱でも思いついたの？」

黒い目をぎらつかせて、アンヘルはぐらつく木の階段を下りてきた。「三日前、きみはぼくの家に現れ、驚くべき発言をした」

「妊娠のことかしら？」ベルは腕を振り、皮肉を口にした。「ひどい言いがかりよね。あなたが追い払いたがったのも当然だわ」

アンヘルが階段のいちばん下で、ベルを見下ろしながら唇をかみしめた。「あのときは脅迫されたと判断したんだ。金の交渉に来たきみは、もらうものをもらったらさっさと出ていくと思った」

妊娠の知らせを交渉と呼ぶなんて！　最低にもほどがある。こみ上げる感情にベルは息がつまり、まばたきをして顔をそむけ、彼のボディガードとヘリコプターのほうを向いた。

「よくここがわかったわね」

「簡単だった」

「何時間も待ったでしょう」

「待ったのは二十分程度だ」

「二十分？」ベルはあえいだ。「わたしがいつ着くかは、知りようがなかったはずよ。自分でもわからなかったのに！」

アンヘルは苦笑した。「時間を合わせるのは少々難しかったな」

「わたしのトラックをつけていたの？」

「話題を変えないでくれ」

彼は冷ややかに言い、土を固めた私道に下りた。それでも、三十センチはベルより背が高い。黒い瞳が特大のTシャツからショートパンツ、ビーチサンダルまでたどると、彼女の体はたちまちほてった。

「本当なのか？　子供はぼくの子なのか？」

「もちろんだわ！」

「どうしたら嘘つきのきみを信用できる?」

「いつわたしが嘘をついたの?」憤慨してベルは言いつのった。

「〝わたしには子供ができない〟」アンヘルは彼女の言葉をまねた。「〝一生、無理なの〟とも言ったな」

「いやな人!」テキサスの焼けつくような日差しの下で全身に汗をかき、ベルは震えた。

アンヘルの声は低く落ち着いているが、冷たい怒りが感じられる。情熱的なスペイン人らしい瞳や黒い髪、たくましい筋肉質の体といった見た目はとてもすてきなのに、氷のように冷たい心は石のようだ。

そんな人と縁が切れて幸いだと思っていたのに、なぜか彼は追いかけてきた。

「今さらなんなの?」ベルは小さな声で尋ねた。「わたしたち親子を見捨てたくせに。だから、この子はもうわたしだけのものよ」

アンヘルの黒い眉が片方上がった。「親とはそういうものじゃない」

「わたしが言えばそうなるの」

「ではなぜ、ぼくに妊娠を告げに来た?」

「三日前は、あなたの気が変わるかもしれないとばかな期待をしていたせいよ。今はあなたみたいな父親なら、いないほうが子供のためだと思っているわ」

アンヘルが怖いくらいに押し黙り、ベルをじっと見た。それから無言のまま、その目を一面の青空を背景に広がる荒涼とした地平線に向けた。ベルは無意識のうちに、彼のブロンズ色のつややかな肌や高い頬骨、無精髭《ひげ》が生えた顎を目でたどった。

「今後の話をさせてくれ、ベル」アンヘルは目を戻し、喉を鳴らすような声で言った。「これからDNA鑑定を受けてもらいたい」

「なんですって？　必要ないわ！」

「ぼくの子だと証明されたら」黒い瞳がぎらりと光る。「きみはぼくと結婚するんだ」

頭がおかしいのはどっちかしら？　ベルは息をのんだ。「結婚ですって？　気は確か？　あなたなんか大嫌いなのに！」

「計画どおりだと喜ぶべきじゃないか。ぼくと結婚するために、わざと妊娠したんだろう？　それくらいは認めてくれ」

「いやよ。でたらめだもの！」

「きみを信用したのは間違いだったと、ぼくも認めるよ。だが、嘘を見抜けなかったつけは払う」アンヘルは黒い瞳を輝かせてさらに近づいた。「きみにも払ってもらうぞ」

ベルの背筋に震えが走った。「嫌いな人とは結婚しないわ」

「きみに選ぶ自由はない」アンヘルの顔に冷たい笑みが浮かんだ。「言われたとおりにするんだな。赤ん坊がぼくの子なら……きみもぼくのものだ」

3

アンヘルは痛い思いをした末に、世の中には二通りの人間がいることを学んでいた。過酷な現実から逃げる夢想家か、目的のために闘う少数の澄んだ目の持ち主かだ。

ベルは前者だ。昨年の九月、友人の結婚式で会った瞬間からそうとわかった。あの明らかに不幸な新郎新婦の前で、永遠の愛がどうのこうのとまくし立てたのは、彼女の薔薇色《ばらいろ》のめがねが厚すぎて何も見えなかったからだ。

でなければ、愛や結婚に希望は持てない。愛など嘘《うそ》っぱちなのに、そんな感情に基づくから結婚は最初から最後まで救いがなく、結局泣きを見る。ぼくの実の父親とはできなかったが、五度も結婚した母がいい証拠だ。

ところがベルと会ったとたん、彼女の気の強さや思いこみの激しさにいらだつどころか、アンヘルは逆に魅了された。初めて見たときから女らしい小柄な体や茶色い髪、セクシーな瞳、罪深い肌を忘れられなかった。理由はただ美しいからというだけではなかった。

ベルはぼくを目の敵にし、嫌悪を隠そうともしなかった。はなはだしい例外は一人いるにせよ、これほど徹底してぼくを軽蔑する女性は記憶にない。財を成してからどころか、十八歳で自立したとき以来だ。女性はぼくのベッドや財布を、嬉々《きき》として求める。そんな相手がどんなに退屈か、ベルに面と向かって指摘されて初めて気づいた。

ほかの女性たちとは違うベルに、ぼくは闇にともる炎のように引きつけられ、あの辛辣さと純真さと正直さの前でつい気を許した。過ごしたのは一夜だけだが、あれほど恍惚《こうこつ》とした喜びは初めてで、常日頃の皮肉な考え方さえ改めたくなった。

それが三日前、とんだ勘違いだとわかった。

ベルもほかの女性たちと変わらなかったのだ。純真でもなんでもない彼女は、冷淡な嘘つきに見えないよう薔薇色のめがねをかけたふりをして、自分の得になることだけを企《たくら》んでいた。愛を求めて身を滅ぼした母より、むしろナディアに似ている。ナディアは金のことしか頭になく、そのためならなんでもした。

寒い一月の夜、泣いているところを抱きしめたときも、ベルは嘘をついていた。

月明かりのもと、長い髪をなでて〝気にするな〟とささやいたときも、ベルはまつげを震わせ、思いわずらうような茶色の瞳でぼくを見つめながら嘘をついていた。

雪が舞い散るなか、一生子供ができないという悲しみをまぎらしてやろうとキスをしたときも、彼女は嘘をついていたのだ。

ベルが女優なのは知っていたが、これほど演技がうまいとは思いもしなかった。ここまで見事にだまされたのは久しぶりだ。

ベルがカクテルパーティに現れ、妊娠の知らせという爆弾発言をしたあと、アンヘルは客に八つ当たりしながら、彼女が金銭の要求をしに戻ってきたらどうするか考えていた。本当にぼくの子なら、ベルは武器を手に入れたことになる。愛や結婚など考えるのもばかばかしいが、二重に捨てられたぼくのような目に、我が子を遭わせるつもりはない。

ベルは何を求めるだろう？　結婚か？　子供名義の信託財産？　それとも面倒な手続きが省ける、彼女宛の巨額の小切手？

その夜はぴりぴりしながら待っていたが、ベルは戻ってこなかった。そして宣言どおりに翌朝、ニューヨークを発《た》った。

三日後の現在、ベルの情報はすべてつかんでいた。医療記録は今日、手に入る。調査員は彼女のテキサスの住所を簡単に探りだした。その方法を詳しく知りたいとは思わないが、携帯電話のＧＰＳ機能でたどれるらしい。それに、ただでさえ目立つ一九七八年製の青いシボレーをガソリンスタンドで見かけた者もいた。テキサスの大草原ではそこしかガソリンスタンドがなく、アンヘルはただ、テキサス南部にある自分の牧場からヘリコプターで駆けつければよかった。

だが、そんな経緯を敵であるベルに明かすのはばかだ。出会ったときから、彼女には嫌われていた。だが、こちらから彼女を嫌ったことはない。

今までは。

ベルを見つめたアンヘルは、額に汗が浮かぶのを感じた。テキサスの照りつける日差しのせいで機体内はかまどのようで、ベストにネクタイ、長袖のシャツにウールのズボンという格好では暑すぎた。しかもまだ昼にもなっていない。

アンヘルは歯を食いしばった。狙いはまだわからないが、ベルには我が子も主導権も渡さない。彼女が欲しい金額は桁外れに違いない。それですめばまだしも、一生ぼくから搾り取る気じゃないか？　親権を独り占めし、子供が父親を憎むよう嘘八百を並べ立てられたら、ぼくは釣り針にかかって口をぱくぱくさせる魚も同じになりかねない。

だが、罪のない赤子を手放すつもりはない。子供のころに耐えた境遇を思えば、なおさらだ。誰を相手にしているか、ベルは知らないのだろう。闘いに勝つためなら、ぼくは地上を焼き払うこともいとわない男なのに。

アンヘルの目が細くなった。ベルはぼくに勝てると思っているのか？　マドリードの孤児院育ちから這《は》いあがり、十八歳のときに五百ドルをポケットに入れてニューヨークまで密航し、今や大富豪となったぼくに？　六つの大陸を股にかけ、運動靴からスナック菓子までなんでも扱う国際的な複合企業の大株主にのしあがったのは、誰にも負けないほど強かったからこそだ。

ベルはもうぼくの手のなかにいる。だから、ぼくのルールに従ってもらう。

「あなたとは結婚しないわ」茶色い瞳をぎらつかせ、ベルは甲高い声で言った。「あなたのものにはならないから」

「きみはすでにそうなっている、ベル」アンヘルはきっぱりと言った。「まだ知らないだけだ」彼はパイロットに合図をし、ヘリコプターのエンジンをかけさせた。

大きくなる回転翼の音に負けない声で、ベルが笑った。「あなた、どうかしているわ！」

アンヘルはベルを見た。敵としてさげすまれていても、引きつけられる一方とは。俗にいう美人ではないが、彼女はどんな女性よりも魅力的で、目が勝手に頬から優美な弧を描く首、妊娠で大きくなった胸をたどった。

ベルの言うとおりだ、とアンヘルは苦々しく思った。確かにぼくはどうかしている。嘘つきで、金に目がないと知りつつも、前以上に彼女とベッドをともにしたくてたまらない。

「ああ、ぼくの子供をきみに押しつけるとしたらな」アンヘルは平然と言ってのけた。肩越しにヤマヨモギに囲まれた木造の家を見る。ほかにはひょろ長い木が二、三本、干上がった川の土手に生えているだけだ。「ここに放りだすのも」

アンヘルの視線を追って、ベルは憤った。「どんな家に住んでいるかで、人を判断するの?」

「ここから抜けだすために何をしたかで、ぼくはきみを判断しているんだ」ベルがテキサスでどう育ったか、アンヘルは知っていた。一年半前にここを出てブロードウェイのスターになるという夢は妄想で、最初から金持ちの男をつかまえる計画だったに違いない。レティと親しくなったのも、そのほうが富豪と知り合いやすいからではないのか?

この人里離れた不毛の土地の長所はただ一つ、見渡す限りの青空のみだ。乾いた草原の上に広がる空はすばらしく、いつまでも見ていられる。解放感は終わりのない孤独ももたらすが。

とはいえ、孤独にもいろいろな種類がある。人に囲まれていても、寂しさは味わう。子供のころに学んだことの一つだ。

我が子にはそういう経験をさせたくない。うとまれたり置き去りにされたりなど、このぼくが決してさせない。アンヘルは景色から顔をそむけた。「行こう」

「どこへ?」

「DNA鑑定を受けにだ」

「そんな必要はないと――」

アンヘルが目を細くした。「ぼくが嫌いでも結構。ぼくも同じだからな。だが、子供には両親を知る権利がある」

憎々しげに彼を見ていたベルの表情が崩れる。赤ん坊の話題には弱いらしい。

「いいわ」ベルはぞんざいに請け合った。

「鑑定を受けるんだな?」

「あなたのためじゃなく、子供のためにね」

アンヘルは息を吐いた。今まで息をつめていたことさえ気づかなかったが、力ずくでベルをヘリコプターに乗せなくてはならないのかと不安だったのだ。我が子を身ごもっているかもしれない女性に、それだけはしたくなかった。だがほっとしたことに、ベルもそこまでわからず屋ではなかったようだ。

いや、ベルはボクサーのように戦術を変えたのだ。アンヘルは唇を引き結び、近くに控えるボディガードたちを見た。「彼女の荷物を出してくれ」

ボディガードたちが小型トラックのなかに手を伸ばすと、アンヘルはベルの腕を取った。ほどなく、彼女は贅沢《ぜいたく》なヘリコプターの革の座席に落ち着いた。

「鑑定は受けても、結婚はしないから」回転翼の音に負けじと、ベルが声を張り上げる。

アンヘルは冷ややかに彼女を見やった。

「結婚こそきみの望みだろう? 芝居はやめるんだな。内心、小躍りしているくせに」

「してないわ!」

「だが喜ぶのも今のうちだ」ベルのすぐそばまで顔を近づける。「きみの計画どおりにはいかないぞ。ぼくはきみのものにはならない。きみがぼくのものになるだけだ」

ベルの茶色い瞳が見開かれたとたん、アンヘルの体に電流のような刺激が走り、意に反して彼女の唇に目が行った。なんと赤く、おいしそうなのだろう。見ているだけで血がたぎる。

結婚をずっとばかにしてきたが、初めてその利点に気づいた。ベルを嫌えば嫌うほど、欲望は募る。落ち着かなげに舌を唇に這わせたことから、彼女も同じに違いない。

結婚したその日から、ベルにはぼくが望む限り同じベッドで眠ってもらう。一つだけ、二人には嘘をつけないものがあるからだ。

だったら、ぐずぐずしている暇はない。

彼女の純潔を奪い、ともにのぼりつめた夜以来、何カ月も我慢に我慢を重ねてきた。そうするのがお互いのためだと思っていた。

だが、もうそう思うのはやめる。

今夜だ。今夜、彼女をベッドへ連れていく。

だが、その前にすることがある。アンヘルはパイロットに言った。「出発だ」

ヘリコプターの窓から、ベルはテキサスの広大な平原を眺めた。文明から遠く離れたその場所には、自由気ままな野生の馬が何頭も駆けまわっていて、羨ましくなった。

「あれはぼくのだ」アンヘルの声がヘッドセットから聞こえた。隣の白い革の座席に座る彼が、満足そうに馬を顎で示す。「ここは所有地の北の端にあたる」

すると、あの馬も自由じゃないのね。ベルは落ちこんだ。ヒューストンにある一流のクリニックを出たあと、騒々しいヘリコプターで二人は初めて言葉を交わした。「あなたはなんでも自分のものにしたがるのね」

「ああ、なんでもぼくのものだ」アンヘルの目がきらめいた。「ぼくの牧場は五十万エーカー近くある」

「五十万……」ベルは息をのみ、それからゆっくりと言った。「待って。アルフォード牧場を買ったのは、あなただったの？」

アンヘルが片方の眉を上げた。「誰に聞いた？」

「誰でも知っているわ」ベルはぴしゃりと言い返した。「二年前、外国人に買い取られて大騒ぎになったもの。あなただったの？」

彼は大きな肩をすくめた。「もともと、この土地全体がスペイン人のものだったんだから、アルフォード家こそ外国人と言える。ぼくはただ取り戻しただけだ」

ベルは疑わしげにアンヘルを見た。「スペイン人が土地の持ち主だったの?」

「テキサス南部のほとんどは、スペイン帝国のものだったんだ。征服者《コンキスタドール》の時代には」

「よく知っているわね」

アンヘルは苦笑した。「父の一族がその歴史を担っているからな。子供のころに調べたら、六百年前までさかのぼれた」

「ヴェラスケス家は六百年前まで系図をたどれるの?」ベルは思わずきいた。わたしは曽祖父の姓さえろくに知らないのに。

「ヴェラスケスは母方の姓だ。父方はソヤといい、現当主は第八代サンゴヴィア公爵を名乗っている」

あまりにもアンヘルの声に抑揚がなかったので、聞き間違いかとベルは思った。「あなたのお父さんは公爵なの? 本物の?」

彼がまた肩をすくめる。「だからなんだ?」

「どんな人なの?」ため息混じりにベラは尋ねた。王族や貴族には会ったことがない。知っているのはせいぜい中等学校にいたアールという子くらいだが、彼は伯爵《アール》ではなかった。

「知らない」アンヘルは一言で片づけた。「会ったこともないから。ごらん」話題を変えて窓の外を指さす。「あれが家だ」

ベルは彼の指先を追い、息をのんだ。

地平線がどこまでも伸びるなか、ヤマヨモギがまばらに生える乾いた平原は緑色に変わっていた。木々に囲まれたいくつもの川のあいだに、離れや納屋や畜舎が見える。いちばん美しい場所にはなんと青い湖が、遅い午後の陽光にきらめき、その横の青々とした小高い丘に大きな平屋造りの屋敷があった。

「きれい」ベルは感動して言った。「なんて緑が多いの」

「敷地には川が五本流れている」

畜舎の一つを過ぎると格納庫が見えた。ヘリパッドと滑走路は地平線の向こうまで続いているようだ。「全部あなたのものなの?」

黒い瞳がきらめくのを見たベルは、前に聞いた傲慢な言葉を思い出した。〝赤ん坊がぼくの子なら……きみもぼくのものだ〟

そう、子供は彼のもの。今では動かしがたい証拠もある。

ヒューストンにある最先端のクリニックでは、アンヘルが多額の寄付をしたのか、至れり尽くせりの待遇を受けた。針を刺さない血液検査のあと、高度な訓練を受けた検査技師は急いで結果を出すと請け合った。

「お待ちになるあいだ……」女性の産科医が二人に交互にほほえんだ。「赤ちゃんが男の子か女の子か、お知りになりたいですか?」

生まれたときの楽しみにしたかったベルは、断ろうとした。けれどアンヘルは目を輝かせ、少年っぽいとも言える熱心なまなざしをしていた。わたしが持ったことのない愛情豊かな父親にアンヘルが本当になりたいのなら、父と子の絆《きずな》を深める努力をしなくては。

「ええ」静かに言い、ベルはベッドに上がった。腹部にジェルが塗られた数分後、二人は超音波検査の画面に見入っていた。検査室には、しゅっしゅっという音が鳴り響いている。

「この音は？」ベルのかたわらに座るアンヘルが、慌てたような声できいた。

ベルは驚いて目をしばたたいた。ああ、そうだった、彼は初めて聞くんだわ。彼女はほほえんで教えた。「赤ちゃんの心音よ」

「心音？」彼は息をのんできき返した。普段は険しく皮肉っぽい表情を浮かべたハンサムな顔が、今は別人のように見える。

「強くていい音をしています。健康なお子さんですね」医師がつぶやき、画面を指して言う。「ここが頭でここが腕と脚で、そして……」二人のほうを向き、ほほえむ。「おめでとうございます。女の子ですよ」

「まあ！」ベルは息をのんだ。

「女の子？」アンヘルは彼女の手を不意に強く握った。「予定日はいつだ？」

「順調に行けば、九月の後半ですね」

「九月」アンヘルは放心したようにつぶやいた。「ほんの二カ月先か……」

彼の顔には、見たことのない感情が浮かんでいる。当惑と感動、優しさだ。

するとアンヘルもまったくの人でなしではないのだ。皮肉っぽく非情な彼も、子供は大切に思っているらしい。

目に感謝の涙がこみ上げ、ベルはアンヘルの手を強く握り返した。わたしの娘には父親がいるのだ。娘を愛してくれる父親が。

ヘリコプターがテキサスの牧場に着陸し、アンヘルに手を貸してもらってヘリパッドに降りたとたん、ベルはよろけた。

「大丈夫か?」彼女を支えながら、気遣いに満ちた目でアンヘルがきく。

ベルは力なくほほえんだ。「どうかしら。頭がおかしくなりそうな一週間だったから」

彼が笑った。「そうだな」

そんな顔を目にするのは初めてだったためか、なぜかアンヘルは格別ハンサムに魅力的に見えた。彼のうれしそうな瞳に切なくなり、表情から本心を悟られたくなかったベルは、急いで視線をそらした。

「これからどうするの?」自分の落ち着いた声にほっとしながら、彼女はきいた。

「結婚式の準備をする」

ベルの足が止まった。「結婚はしないわ。親権を共同で持てばいいでしょう」

彼の目が細くなる。「もう決めたことだ」

「決めたのはあなたで、わたしじゃないわ。脅して結婚させようなんて思わないことね」

ベルは顎を上げた。「由緒ある貴族の家柄じゃなくても、受け継いだものはあるのよ」

「それはなんだ？　ぜひ教えてくれ」

「強い意志と反骨精神ね。わたしは愛してくれる人とでなければ結婚しない。愛していない夫を持つくらいなら、あなたの家の床をなめるほうがましよ」

端整な顔を愉快そうな表情がよぎった。

「それも悪くないが」アンヘルがベルの耳元でささやいた。「きみの舌には、もっといい使い道がある」

ベルの体がかっと熱くなった。返事もできない彼女の手を取り、アンヘルは緑に囲まれた広々とした屋敷へと連れていった。


母屋は明るくて風通しがよく、大きな窓がいくつもあって、床には硬材が張られていた。

笑顔の家政婦が進み出た。「おかえりなさいませ、ミスター・ヴェラスケス」血色のいい丸い顔をベルに向けて続ける。「ようこそ。いい旅でしたか？」

いいとは、ベルにはとても言えなかった。

幸い、アンヘルが代わって答えた。

「大変な一日だったよ、ミセス・カールソン。朝食室に飲み物を用意してくれないか？」

「ええ、喜んで、ミスター・ヴェラスケス」

アンヘルはベルを連れて廊下を進み、つややかな木の床と四方に窓がある大きな部屋に入った。緑の木々と木もれ日を浴びて金色に輝く川を見て、ベルは息をのんだ。「なんて美しいの」

「座ってくれ」アンヘルの声は急にいらだっていた。

膝に力が入らず、ベルは白いコットンの柔らかなソファに腰を下ろした。すぐに家政婦が現れ、トレイをテーブルに置く。

「ありがとう」

「どういたしまして、旦那様」

家政婦が出ていくと、アンヘルはカクテルらしきものをトレイから取ってベルに渡した。当惑する彼女を見て言う。「アイスティーだ」

わたしの好物だ。ベルはひったくるようにグラスを受け取り、ごくごく飲んで喜びのため息をもらした。よく冷えていて甘い。ベルは満足げに、ソファのクッションに再びもたれた。「あなたにもいいところはあるのね」

「アイスティーのおかげかな？」

「とんでもない人じゃなかった、という程度だけれど」

「礼には及ばない」

ベルはアイスティーを飲み干し、期待の表情で空のグラスを差しだした。

アンヘルが口元を引きつらせ、トレイのほうを向いた。磁器のピッチャーの中身をベルのグラスにつぎ、自分の分もつぐ。「ところで、逃げる計画を練っているのなら、最寄りの道路は五十キロほど離れている」

「逃げるつもりはないわ」

彼は背筋を伸ばした。「そうなのか?」

「当然でしょう。あなたは我が子の父親だもの。二人で考えないと。この子のために」

アンヘルがベルを見つめた。整った顔に硬い表情を浮かべ、皿を勧める。「クッキーをどうだ?」

「ありがとう」チョコチップクッキーは、オーブンから出してきたばかりなのか温かかった。一口かじると、バターと砂糖とチョコレートの味が舌に広がり、ベルは至福のため息をついた。アンヘルの視線を感じて顔を上げ、顔をしかめる。「おいしいもので釣っても結婚はしないから」期待するように言い添えた。

「でもこういう努力を続けたければ、どうぞご自由に」

頬もゆるめず、アンヘルはただベルを見つめていた。何か言いかけて急にやめる。「失礼。行くところがある」

「出かけるの? どこへ?」

「寝室へはミセス・カールソンに案内させよう」彼はほほえんだが、目は笑っていなかった。「きみが言ったとおり、頭がおかしくなるような一週間だったから、よければ休んでくれ。八時の夕食のときに会おう」

それだけ言うと出ていった。

どういうこと? ベルはいぶかりながらも、別に不満は覚えなかった。少なくとも、トレイは置いていってくれたからだ。皿のクッキーをもう一枚つまみ、風にそよぐ緑の葉を眺める。アンヘルは大変な手間をかけて、わたしをこの牧場に連れてきた。そのくせ結婚を迫ったり、あれこれ命じたりはせず、ただアイスティーと手作りのクッキーを残し、休むように言って出ていった。

ベルにとって人生とは驚きの連続だった。自分の生い立ちからしてそうだ。赤ん坊のころに亡くなったから、父親のことは覚えてもいない。ヤマヨモギの草原の端にある家で、彼女は継父と二人の異父弟、そして不治の病に侵された母と暮らしながら大きくなった。継父はぶっきらぼうな溶接工で、子供たちのことは気にもかけない人だった。朝早くから働きに出て、夜はたばことビールを相手に過ごし、妻にわめいてばかりいた。

ベルが十二のときに母も失うと、継父は継娘に向かってわめきだし、〝おれの子じゃないから出ていけ〟と脅した。だから食べさせてもらうために、異父弟たちの世話と家事を引き受けた。いつも朗らかにほほえみ、誰の荷物にもならないよう心がけた。

ベルが高校を卒業して一週間後に、継父は脳動脈瘤《りゅう》破裂で急死した。レイはまだ十三歳、ジョーは十一歳で、親戚も生命保険金もなければ、貯金もわずかしかなかった。異父弟たちを里子に出すよりはと、ベルは大学の奨学金をあきらめ、ウエイトレスとして働きながら二人が成人になるまで面倒を見た。

楽な仕事ではなかった。親を亡くした異父弟たちは学校でよく喧嘩《けんか》をし、レイはドラッグに手を出したこともあった。当時はドアを乱暴に閉めたり、〝おまえなんか嫌いだ〟とベルに叫んだり、夕食を床に投げたりもした。ベル自身、二十歳そこそこだったので乗りきるのは大変だった。悲しくて寂しくて身も心も疲れていたころの夢といえば、ハンサムな優しい男性と恋に落ちることくらいだった。

その夢は二十一歳のときにかなった。危うく、身の破滅になるところだったけれど。

「ミス・ラングトリー?」顔から笑みを絶やさない家政婦がドア口に姿を見せた。「用がおすみなら、お部屋にご案内しましょうか」

空っぽの皿とピッチャーを見て、ベルはさりげなく言った。「ええ、そうね」

ソファから体を起こしたものの、おなかが大きくなるにつれ、単純な動きは難しくなっていた。家政婦のあとから廊下を進むと、途中で曲がってからミセス・カールソンがドアを開けた。「こちらです」

ずいぶん大きな部屋だった。天井は高く、ウォークインクローゼットがあって、浴室も備えつけられ、一面の窓からは川を見渡せた。もっとも、いちばん目を引いたものは別にあった。

ベルは巨大なベッドを見つめた。

「どうかなさいましたか?」

「あの……」ベルは巨大な部屋を見まわして、なんとか口にした。「立派な客用寝室ね」

すると家政婦は笑って、ベルがもっとも恐れていた答えを返した。「客用寝室? いいえ、ここは旦那様の寝室です」

ベルは息をのんだ。ここで〝旦那様〟と眠るつもりはないと、どう説明したらいいの?

いい返事を思いつかないうちに、家政婦は浴室にある大理石の浴槽や輝きを放つ銀の備品、頭上の天窓を得意げに見せた。

「必要なものはすべてそろっております。ミスター・ヴェラスケスがおっしゃるには、旅のあとであなたはお疲れでしょうし、汗を流したいのではないかと。ゆっくりお風呂に入っていただく用意もできています」

家政婦が見せた香水やフランス製の石鹸《せっけん》、クリーム、シャンプーはセレブ雑誌で読んだことしかないような高級品ばかりだった。市販の安物でも充分きれいになるのに、シャンプーに五十ドルかけるお金持ちの気が知れない。けれども高級シャンプーに恐る恐る鼻を近づけると、確かにいい香りがした。

「午後、ミスター・ヴェラスケスはお仕事ですが、あなたは楽に過ごすようにとのことです」家政婦は別のドアを開けた。

ベルがあとから入っていくと、そこはシャ

ンデリアと白いソファがあるウォークインクローゼットだった。そのなかにかけられていた赤いドレスを、家政婦が示した。

「今夜はこちらをお召しになるようにと。夕食は八時にテラスでお出しします」

ドレスを見て、ベルはうっとりとつぶやいた。「きれい」

「ドレスに合う靴のヒールは五センチですので、ご安心を」家政婦はベルのおなかに笑みを向けた。「新しいランジェリーもございます」引き出しを開けて続ける。「シルクです。ここに、お持ち物の横にございます」

ランジェリー？　頬を染めたベルは、家政婦と目を合わせられなかった。大きなクローゼットを見まわすと、自分のスーツケースから出された数少ない服と赤いドレス以外は何もない。「アンヘルの服は？」

「旦那様用のクローゼットにございます」

「ここは彼のクローゼットじゃないの？」

「はい」親しみの持てる丸い顔に笑みが広がった。「女主人用です。そういう方がいれば、ですが」ベルに耳打ちする。「旦那様がここに女性を連れてこられたのは初めてでして」

「わたしが初めて？」

「まあ、もうこんな時間」ミセス・カールソンが腕時計を見て言った。「化粧品も思いつく限り用意しました。孫がアルフォード小学校の学芸会に出るので、わたしはこれで。ほかの使用人たちも八時には引き上げます」

「ここに住んでいるんじゃないの?」

「とんでもない。使用人のコテージは湖の向こう側にあります。旦那様とお二人きりになれますよ」家政婦がウィンクしたのは気のせい?「では、ごゆっくり」

ベルは家政婦を腹立たしげな顔で見送った。なぜウィンクをしたの? アンヘルと二人きりになったら、何かあると思っているの?

いいえ、何もありはしない。ベルは強く思った。そのあかしに寝室のドアに鍵をかけて、特大のベッドに目をやる。いくら心地よさそうでも、アンヘルとは一緒に休まない。ただ、今は彼がいないことだし……。

ふかふかのベッドによじのぼると、ここ数日の疲れがいっきに襲ってきた。ベルは枕に頭をあずけ、まぶたを閉じた。

目が覚めたときには、日が暮れかかっていた。うっかりして何時間も眠っていたらしい。

ベッドから起きあがったベルは、部屋の奥のウォークインクローゼットにある赤いドレスを見た。そこまで行き、柔らかな生地をなでてからタグを見て息をのんだ。いくらファッションにうとくても、この名前は聞いたことがある。靴のブランド名もだ!

でも着替えないと失礼にあたる。まして、ドレスは見たこともないほど美しいのだ。

ドレスとシルクのランジェリーを持って浴

室まで行き、ベルは天井のほかに六箇所から湯が出るシャワーを浴びた。喜びのため息をつき、三日分のほこりと心労を洗い流す。シャンプーも試してみた。これなら五十ドルの値打ちはあるかもしれない。もっとも、ここのシャワーで使うなら、特売のシャンプーでも文句なしだ。

タオルを体に巻き、長い髪を乾かして引き出しを開けると、何箱もの新品の化粧品、それもデパートの最高級品ばかりがいつでも使えるように並んでいた。新品の香水も、香りつきの保湿ローションもある。ベルは全部試してからシルクのランジェリーを身につけ、うめきたくなった。なんてなまめかしくて柔らかな肌触りかしら。

最後にまとった赤いニットドレスが、大きくなった胸とおなかを優しく包む感触は天国にいるようだった。ニューヨークでダイナーのウエイトレスをして荒れた手までが、保湿ローションのおかげですべすべしていた。

ベルは浴室の鏡をのぞいた。乳褐色の肩にかかる髪はつややかで、シャワー後の頬はピンクに染まり、ルビー色の唇はドレスの色によく合っている。茶色の瞳もアイシャドーとマスカラの効果で大きく見えた。

我ながら別人のようだ。

理由は屋敷？　ドレス？　シャンプー？

アンヘルの近くにいるから？　それとも彼の

子を身ごもり、テキサス南部の五郡にまたがる有名な牧場に、初めての女性客として連れてこられたから?

〝テキサス南部のほとんどはスペイン帝国のものだった……父方はソヤといい……第八代サンゴヴィア公爵を名乗っている〟

アンヘルが公爵の息子とは驚きだった。でも、彼は生まれながらにして裕福には見えない。とても傲慢ではあるけれど、なりふりかまわず、すべてを勝ち取るしかなかったような荒削りなところがある。

〝あなたのお父さんは公爵なの?……どんな人なの?〟

〝知らない。会ったこともないから〟

だとすれば、二人には一つだけ共通点がある。わたしも古い写真でしか父を知らない。そのなかの父はおくるみに包まれて眠る娘を抱き、顔を輝かせていた。

それにしてもなぜ、アンヘルは母方の姓を名乗っているの? 父親が生きているなら、どうして一度も会ったことがないのかしら?

もっと差し迫った疑問が湧いてベルは唇をかみ、おなかのふくらみを包む赤いドレスと贅沢な化粧品と高価な靴を見た。

なぜアンヘルは急に親切になったの? 彼を信じてはいけないのはわかっている。二人で過ごしたあの夜、思い知ったからだ。彼は優しくなろうと思えばなれるけれど、情け容赦なく、人をごみのようにも放りだせる。

考えられる理由は一つだ。脅してだめなら、誘惑してわたしに結婚を承知させるつもりなのだ。

そうはさせない……絶対に。

親権なら分かち合ってもいい。けれど、人生はともにしない。体はもちろん、心もだ。アンヘルのおもちゃには二度とならないと決めたわたしが、妻になるなんて冗談じゃない。

それでも八時五分に部屋を出たとき、彼がどんな反応を示すかと思うと、ベルは妙に落ち着かなかった。暗い廊下を進み、引き戸を開けて、湖まで広がるテラスに出る。ピンクのブーゲンビリアに覆われた大きなあずまやは電飾が取りつけられていた。夕暮れにその明かりがまたたき、静かな音楽が流れている。

そのとき、アンヘルの姿が見えた。

彼はテラスの手すりの近くで、夕日で赤く染まった湖を眺めていた。振り向いた姿はとてつもなくハンサムで、肩幅の広い長身にタキシードがよく似合っていた。

「ようこそ」アンヘルは笑みを浮かべ、低い声で言った。二人の視線がぶつかる。

ベルはふと、自分が何を恐れているのかに気づいた。心配だったのはアンヘルじゃなく、自身の反応だった。何カ月も前、彼に身をゆだねたとき、わたしはいつの間にか心の一部もゆだねていた。アンヘルのほほえみに、べルは息もできずにいた。

「きれいだ」アンヘルが近づき、シャンパングラスを差しだした。黒い瞳がなでるようにベルを見る。「星よりもまぶしいくらいだな」

ベルがグラスを受け取った拍子に、二人の指が触れ合った。彼の目に宿る強い意志を見て取り、ベルは体の芯から震えあがった。

この人はビジネス界を征服したように、わたしを手に入れるつもりでいる。巨万の富を築き、国ほどの面積があるこの牧場に君臨してきたように、わたしを妻にして服従させる気なのだ。

4

ぼくはベルの何もかもを誤解していた。

ベルを追ってニューヨークを発《た》ったときは、金目当ての女だと思いこんでいた。狡猾《こうかつ》で冷酷な女優が巧みに嘘《うそ》をついてぼくの子を身ごもり、一儲《ひともう》けしようと企《たくら》んだのだと。

だがそうではなかったと、アンヘルはヒューストンのクリニックで知ったのだった。

診察室の外の廊下でベルを待ちながら、アンヘルは信じられない目でドクター・ヒルを見た。〝冗談だろう?〟

女医はほほえんだ。〝医療のことで冗談は言いません〟

〝すると、ベルの話は本当なのか?〟

〝ミス・ラングトリーはしかるべき理由があって、子供ができないと思っているんです。ブルーベルの病院からさっき受け取った医療記録では、七年前に卵管結紮《けっさつ》術で避妊処置をしています〟女医はためらった。〝本来は、お話しするべきではありませんが……〟

だが、ドクター・ヒルは話してくれた。保険に入っていない患者が費用を気にせずに一流の治療が受けられるよう、アンヘルは毎年、クリニックに何百万ドルもの寄付をしているからだ。彼には忘れられない記憶があった。十八歳のとき、ニューヨークで過ごした初めての冬に病気になり、何カ月も具合が悪かった。だが、金がかかるので医者には行かなかったのだ。

アンヘルは不審をあらわにした。〝なぜベルはそんな手術を受けたんだ?〟

〝それはご本人にきいてください〟

〝彼女はまだ二十一歳で、バージンだったのに、そんな手術をする医者がいるのか?〟

〝担当医は一カ月前に引退しています。初期の認知症だったそうで〟

〝とにかく七年前にそんな手術を受けたのに、どうして今になって妊娠した?〟

〝ミス・ラングトリーはまだお若く……〟

〝だから？〟

〝体の回復機能が働いて、元に戻る場合もまれにあります。若ければなおのこと確率は高くなります〟

アンヘルは女医をにらんだ。〝だが、ベルは妊娠できないと信じきっていた？〟

〝ええ。処置に不備があったか、この七年間で体が元に戻ったかのどちらかです〟

アンヘルは腹を殴られた思いだった。

ぼくがベルについて信じていた事柄は、ことごとく間違っていたのだ。彼女は欲の深い玉の輿《こし》狙いの女性などではなかった。身も心も清らかで、最初から真実を話していたのだ。


クリニックを出てヒューストンからヘリコプターで南に飛ぶあいだ、ベルはアンヘルを見ようともしなかった。だがアンヘルは彼女の美しい顔からも、彼の子供を宿したみずみずしい体からも目を離せなかった。二人で過ごした夜も思い返していた。ベルを抱いた感触や恍惚《こうこつ》としてあえぐ姿、そのあとかわいらしく身を寄せてきたことは今でも忘れてはいなかった。

〝あなたがそばにいてくれてうれしいわ。今夜はとても一人ではいられなかった。あなたは恩人だわ……〟

あの夜、ぼくが去ったのは、ベルといたら人生が変わるとわかっていたからだ。

だが、いやおうなく人生は変わった。万に一つの確率で、彼女は身ごもった。

今のぼくには、我が子という思いやるべき者がいる。DNA鑑定をし、超音波検査で娘を見て初めて、親になる実感が湧いた。

娘という無垢《むく》な赤子は望んでできたわけではないが、子供にはなんの罪もない。なのに父親の姓も保護も愛もなく生まれてくるところだった。

我が子に両親のあいだを行き来させるわけにはいかない。ぼくは実の父親に無視され、拒まれた。誰かに愛されたくて必死だった母親は、違う男と次々に結婚した。そんな子供時代を我が子に送らせるわけにはいかない。


そうとも。娘の人生は幸せでなければ。

安定した家庭。結婚している両親。経済的な安定。それらがあれば、愛に満ちた幸せな子供時代が過ごせるはずだ。

午後に牧場へ着いたとき、アンヘルは決心していた。脅してでも婚約指輪をはめさせるつもりで、ベルを朝食室に連れていったのに、なぜか思いとどまった。

娘のことを思ったからだ。

一月の夜の仕打ちを考えれば、ベルにさげすまれるのは当然だ。ぼくは彼女を置き去りにし、留守番電話も無視した。ベルが妊娠を告げに来たときの扱いもひどかった。

朝食室で結婚を強いることはできたが、ア

ンヘルは急に気を変えた。

ベルの敵にはなりたくない。娘のために憎しみや嫌悪のない、いい結婚をしたい。

そこで別のやり方を選んだ。

ベルをゆっくり休ませるあいだに、アンヘルは作戦を練った。そして使用人の手を借りて、晩餐《ばんさん》を準備した。ドレスは近くの町、アルフォードでミセス・カールソンが買ってきてくれた。しかし、一つ足りないものがあった。婚約指輪だ。

幸い、長年金庫にしまってあるのが一つあった。ダイヤモンドの指輪は今、アンヘルのタキシードのポケットに入っていた。

その指輪を、彼はかつて別の女性に捧《ささ》げた。

富を築いたのも、愛してやまなかった彼女を勝ち取るためだった。指輪を持ってナディアにプロポーズした日を思い出すだけで、胃がきりきり痛む。何年も前に約束したとおりに会いに行くと、彼女はすでに別の男を選んでいて――。

アンヘルの肩がこわばった。ナディアは大昔の恋人にすぎない。今日からはベルを――生まれてくる我が子の母親を敬い、大切にしよう。そうすれば彼女もぼくを理解し、結婚を拒まなくなるに違いない。

湖の向こうに沈みかけた太陽は、燃える赤い火の玉のようだった。そこへ、ベルが引き戸を開けてテラスに出てくる音が聞こえた。

振り返って、彼女を見やる。

目がくらむかと、アンヘルは思った。

なんという美しさだろう。赤いドレスはみずみずしい体の線を浮きあがらせ、茶色い髪は下ろしてある。赤い唇は誘っているようで、黒いまつげは茶色の瞳の上で震えていた。

「きれいだ」アンヘルはシャンパングラスを差しだした。「星よりもまぶしいくらいだな」

すぐ近くで見たベルの肌は食べたいほど柔らかそうで、アンヘルはキスをしたくなった。そして野蛮人のように彼女を担ぎ上げ、ベッドに運びたい。体に張りつくような赤いドレスを引き裂いて徹底的に奪い、ベルの口からこぼれる歓喜の叫び声を聞きたい。

グラスを受け取ったベルが、残念そうに彼を見た。「シャンパンは飲めないの」

「これは炭酸ジュースだ」

「ジュース？」ベルはぎこちなくほほえんだ。「あなたがブラックコーヒーやスコッチ以外を飲むところなんて、想像もできないわ」

「今日はお祝いだから」

「わたしたちの？」

「それに、きみがシャンパンを飲めないのなら、ぼくも飲まない」

暮れゆく空のもと、あずまやの電飾がまたたくなかでベルの顔が曇った。「なぜあなたがそんなに優しいのか、わかる気がするわ」

彼女はゆっくりと切りだした。

「自分の間違いに気づいたんだ」アンヘルは静かに言った。「すまなかった」ベルは知らないだろうが、その言葉を口にしたのは何年ぶり――いや、何十年ぶりだろうか。

「すまなかったって、何が？」

「子供ができないと思いこんでいたきみを、疑ったことだ」

ベルの表情が変わった。「なぜ今は信じているの？」

「ドクター・ヒルが、きみの医療記録について話してくれた」

「ひどい」ベルは身をこわばらせた。「個人情報なのに」

「今は違う。きみとおなかの子のことはなんであれ、ぼくにも関係がある」さらに近づき、ベルの赤い唇からさらにその下へ視線を落とす。茶色い髪は鎖骨にかかり、豊かな胸を包む赤いニットの生地はぴんと張っている。彼女を抱きしめ、テーブルで貪りたくて、アンヘルの体は急に燃えるように熱くなった。

だが抑えなければ。彼は深く息を吸った。

「食事にしようか？」石でできた大きなテーブルのほうを向き、花をいけたいくつもの大きな花瓶と料理を目で指し示した。

「なんなの？」ベルはいぶかしげに尋ねた。

「ディナーだ」アンヘルが銀の蓋を取ると、ベルは彼の肩越しに大皿をのぞきこんだ。次の瞬間、おなかを抱えて笑いだす。「ブルーベリー？　リコリス菓子？　キャビアか何かが出てくると思っていたわ」

「きみの好物ばかりだろう」彼はもう一つ蓋を取り、息をのんだベルににやりとした。

「ハムとパインのピザ！　冗談でしょう？」

「きみの好きなソースをつけて召しあがれ」アンヘルは気取って言った。「デザートには……」三番目の蓋を取ると、熟したいちごとホイップクリームがたっぷりのったショートケーキが現れた。

ベルは畏敬に近いまなざしでアンヘルを見た。「どうやって調べたの？」

「魔法を使った」

「もう、まじめに質問しているのに」

「レティに電話して、きみの大好物をきいたんだ」アンヘルは片方の眉を上げて続けた。「ぼくからの電話に、彼女は大して驚いていなかった」

ベルの頬が染まる。「レティにだけは、あなたのことを話したから。あなたが父親だと、彼女なら誰にも言わない。ダレイオスと結ばれるまではいろいろあったし」ためらいがちにピザに触れる。「まだ温かいわ！」

「言っただろう」アンヘルは軽やかに手を一振りした。「魔法を使ったと」

ベルが疑わしげな顔をすると、彼は目をくるりとさせた。

「トレイの下にホットプレートがある。種明かしをすると、安っぽい仕掛けだな」愛もそうだと言いかけて、アンヘルは思いとどまった。目下の目的とは相反するからだ。彼は椅子を引き、誘惑めいた笑みを浮かべた。「どうぞ座ってくれ」

フルーツやピザ、炭酸ジュース、デザートを二人で楽しむうちに日は沈み、湖は黒く、空は淡いピンク色に変わった。

アンヘルはベルの食べっぷりをほほえましく思った。三個目のショートケーキに取りかかった彼女の口の端に、指を走らせる。

「ホイップクリームがついていた」彼はそう言って、指をなめた。ベルの目が見開かれ、息をのむ音が聞こえる。しかしキスをしたいという衝動はこらえ、椅子にもたれて彼女を見た。「なぜ、二十一歳のときにあんなことを――避妊手術をしたんだ？　きみらしくもない」

ベルは答えないつもりだと思ったとき、彼女がスプーンを置いた。「父はわたしが……赤ん坊のときに亡くなった」ぽつぽつと話しだす。「母は数年後に再婚し、弟が二人できたの……」

「知っているよ」

ベルの顔に驚きの色が浮かんだ。「そうなの？」自分の手にアンヘルの手が重なると、ベルはそこに目をやり、苦い響きを帯びた声で続けた。「当然よね。私立探偵から聞いたんでしょう？」おかしくもなさそうに笑う。「じゃあ、わたしが十二のときに母が、その六年後に二番目の父が亡くなったのも知っているわね。わたしは弟たちを里子に出せず、大学進学をあきらめて自分で育てたの」

誰かのためにそこまで大きな犠牲を払うとは。アンヘルにはできないことだった。

「楽じゃなかったわ。十代のあの子たちは怒ってばかりで、わたしにはとても無理だと思ったこともある。そんなときに出会ったのが、ジャスティンだった」ベルは急いでまばたきをした。「彼は強くて頼れる人で、わたしを愛していると言ってくれた。体を許すのは結婚するまで待ちたいという気持ちもわかってくれたわ」

アンヘルは信じられないというように笑った。「結婚までセックスなしか？」

「ええ」ベルが悲しげにほほえむ。「古いでしょう？　奥さんの流産が原因で、ジャスティンは離婚したばかりだった。彼はわたしより十歳上で、弟たちの父親代わりにもなるし、万事めでたしのはずだったわ。でも、一つだけ問題があった」声が小さくなる。「彼は二度と子供を失いたくないから、わたしが……子供を産まないなら結婚するって言ったの」

ベルは膝に目をやった。「だから結婚式の数週間前に、手術を受けたの。みんなの幸せのために」

「きみはそれで幸せだったのか?」

苦しげな笑い声をあげ、ベルは顔をそむけた。「そうでもなかったわ」

夕日の名残に照らされた彼女の青ざめた顔を見ながら、アンヘルは厳しい声で促した。

「その後はどうなった?」

「結婚前にジャスティンに捨てられたの。バーで前妻と偶然会って、子供ができたからやり直したくなったみたいで。彼女への愛を忘れたことはなかったと言っていたわ」

アンヘルはスペイン語で低く罵った。そんな彼を、ベルは淡々となだめた。

「いいのよ。二人ともエル・パソで幸せに暮らしているわ。最後に聞いた話では大きな家を買って、五人の子供がいるそうよ」

アンヘルは顎に力を込めて押し黙った。

「あなたが何を考えているかはわかるわ」ベルが顔を上げた。涙をこらえていた瞳がきらめく。「どうぞ言って。愛のために夢を犠牲にするなんて、愚かにもほどがあると」

昇る月が湖を照らし、鳥たちが悲しげな声で鳴きはじめた。ベルの美しい顔を見ると、頬にかかる黒いまつげは震えている。

アンヘルは立ちあがり、ベルに手を差し伸べた。「ぼくと踊ってくれ」

「でも……」

「どうした?」アンヘルはいたずらっぽくほほえんだ。「怖いのか?」

「まさか。ただ、ダンスは下手だし……」

だが、アンヘルはそんな言い訳には耳を貸さなかった。優しくベルを立たせ、腕のなかに引き寄せると、彼女の体が震えた。

「ぼくがリードする」アンヘルはつぶやき、板石を敷きつめたテラスの上でゆっくりとベルを一回転させた。軽やかに舞う彼女は、美と優しさの化身のようだった。異父弟たちや結婚しようと思った男のために、ベルは途方もない犠牲を払った。

彼女ならすばらしい母親になるだろう。すばらしい妻にも。

アンヘルは踊りながら、ベルをきつく抱きしめた。彼の意図を察して、ベルが目をみはり、息をのむ。

アンヘルがゆっくりと唇を近づけると、ベルはあらがうことなくまぶたを閉じた。正真正銘のキスをした瞬間、彼は体ばかりか心にまで衝撃が走るのを感じた。ところが突然ベルが身を引き、苦悶《くもん》を浮かべた目でアンヘルを見つめた。「なぜこんなことをするの？」

「こんなこととは？」

「わたしを誘惑した一月の夜みたいに、ロマンティックに迫るなんて」ベルは辛辣に答えた。「でも、二度とその手には乗らない。泣かされるに決まっているもの！」アンヘルの胸を押しやる。「何が望みなのか、それだけ言って」

頭上に広がるベルベットのような空に星がまたたくなか、アンヘルはベルを見つめた。まだ早すぎる。誘惑は始まったばかりだ。だが、はっきり言ってほしいならそうしよう。そのくらいの敬意は払うべきだ。

「わかった」アンヘルは静かに言うと、片方の膝をつき、タキシードの上着のポケットからダイヤモンドの指輪を取りだした。宝石の輝きと大きさは、テキサスの果てしない空を照らす満月以上だった。「ぼくと結婚してほしいんだ、ベル」

ベルが唖然《あぜん》として指輪を見た。その目をアンヘルの顔に向けたあと、また指輪に戻す。

「きみをひどい目に遭わせてしまったが、二度とあんな間違いは犯さない。これからぼくたちは恋人以上に――人生のパートナーと親になるんだ。きみの求める愛は残念ながらあげられなくても、もっといいものがある」

「愛よりも？」ベルがささやいた。

アンヘルはうなずいた。「ぼくの真心だ。きみはぼくを裏切らなかったから、ぼくもきみを裏切らない。約束などめったにしないが、今ここで約束する。結婚したら、二度ときみを一人にはしない。二人で生涯をともにしよう」

「生涯を？」ベルの顔がこわばり、尋ねる声がうわずった。「一時的な結婚なら考えてもいいわ……子供のために」

「いや」アンヘルは険しい表情で否定した。「ベル、結婚も家庭も本物でなければならない。きみが望むのも、ぼくたちの子供にふさわしいのも、そういう形じゃないのか？」

ベルは顔をそむけた。「どうかしら」

アンヘルは立ちあがり、彼女を引き寄せてうなった。「わかっているはずだ」

茶色の瞳が探るように彼の目を見た。「わたしが結婚したいのは、愛を捧げて尊敬できる人なの。あなたは違う」

みぞおちにぐさりと突き刺さる言葉だった。拒まれて傷つくとは思ってもいなかったうえ、アンヘルは心をとっくに葬ったつもりでいた。ベルを喜ばせるために正直になろうと精いっぱい努めただけに心の傷は深く、彼は深呼吸をして気を取り直した。

「愛は……無理かもしれない。だがチャンスをくれるなら、娘は愛せる。きみに尊敬されるような男になると誓うよ」

ベルはテーブルの上の花と、彼の手にまだある指輪を見て小さくつぶやいた。「わたしはあなたのおもちゃじゃない。一度ベッドをともにして子供ができたからって、一生自分のものにする権利はないはずよ」

アンヘルは彼女と視線を合わせた。「いや、権利ならある。同じように、きみもベッドに来た瞬間から、ぼくを一生自分のものにする権利を持っていたんだ」

「何を言っているの？」

「きみが手に入れられるものと、ぼくがどれだけきみに魅せられているかについて話しているんだ」アンヘルはささやき、ベルの頬に手を添えた。

ベルが目を見開いた。「ほかの人を見つければいい――」

「無理だ」

「できるわよ。スーパーモデルでも、女優でも、社交界の華でも……」彼と目が合うと、ベルの声は途切れた。それでも絞りだすように続けた。「わたしと一夜を過ごしたあとも、たくさん女性がいたでしょう？」

アンヘルはベルを見つめ、顎に力を込めて首を横に振った。「いや、誰も欲しくなかった。きみに焦がれつづけていたせいで」目を細くし、うなるように言葉を継ぐ。「きみはぼくのものになるんだ、ベル。ほかの選択肢はない。ぼくはすでにきみのものなんだからね」

〝ぼくはすでにきみのもの〟――その言葉にロマンティックな響きは少しもなかった。まるで罠《わな》にかけられたか、虐げられているとでもいうような口ぶりだ。

ベルはささやいた。「じゃあ、この数カ月、あなたは誰ともつき合っていないの？」

「そうだ」アンヘルが低い声で認めた。

「でも……でもどうして？」

「きみのとりこになってしまったからだ」

とりこ……。なんておかしな言葉かしら。

けれどアンヘルの黒い瞳はきらめき、たくましい体には力強さがあふれている。ふとベルは何百年も前の、もっと世の中が単純だった時代に、タイムスリップしたような錯覚に陥った。

触れ合っている体を意識するまいとして、ベルは身を震わせた。優しく揺れる電飾の下で、アンヘルの目は黒々としていて、危険なほど魅力的な唇は尊大な弧を描いていた。

彼の言うとおりだ。キスをされた一月の夜から、わたしはこの人のものだった。


いいえ、本当はそれだけじゃない。

あの夜は母の死以来、初めて正直になれた。アンヘルの前では、どんな演技もしなくていい。明るく楽しいふりなんてせず、本当の自分でいられる。

ベルはアンヘルが欲しかった。彼のぬくもりと強さを、体だけでなく言葉でも彼女を誘惑した男性を求めていた。

それでも、一月の灰色の朝からずっと一人で目覚める日が続き、必死にかけた電話もことごとく無視された以上、簡単には身を任せられなかった。「でも、あなたのことは信用できない」ベルはか細い声で言った。「無理だわ。あなたに心を許しても、結局は踏みにじられて一人になるだけだもの。そうならない保証がどこにあるの？」

「その点は安心してくれ。きみの心を求めはしないから」アンヘルがベルの肩をなでると、赤いドレスの生地越しに熱が伝わってきた。

「だが一人にもしない」ベルの手を自分の口まで持っていき、温かな息を吹きかけててのひらと甲にキスをする。「二度と」

ベルは震えを隠せず、月光に照らされた彼のハンサムな顔とそびえるように大きく力強い体を見つめた。わたしの鼓動が聞こえていないかしら？「できないわ……」

「その言葉は本心か？」アンヘルがささやき、ベルの髪をなでて額と頬にキスをした。


彼の腕のなかでおののくベルは、もはや降伏寸前だった。「やめて」両方のてのひらをタキシードの襟に押し当て、涙ぐんだ目を向ける。「何を要求しているのか、あなたはわかっていないのね」

「そう思うなら、答えを教えてくれ」

ベルの手が引きつった。「わたしは愛される望みをすっかり捨てることになるのよ」苦しそうに言う。「この先もずっと」

「愛とは幻想にすぎない」アンヘルが身を引いた。「ぼくの母がいい例だ。父の屋敷でメイドをしていたとき、母はぼくを身ごもった。父はすでに結婚していて、公爵夫人は身重だった。そんな妻に魅力を感じなかったのか、父は母をクローゼットに引っ張りこんだ」彼の唇がゆがんだ。「当時の母は十九足らずでおとぎばなしのような夢を抱き、公爵に愛されていると思いこんでいた。それも妊娠するまでのことだったよ。父に屋敷から追いださされて、急に貧しいシングルマザーとなった母は、それでも愛にすがった。だから五度も結婚したんだ」

ベルは息をのんだ。アンヘルが自分の生い立ちを話したのは初めてだ。「五度も？」

「どの夫も前の夫よりひどい男で、そのたびに母の心は引き裂かれた。夜も眠れなくなってある晩、睡眠薬を過剰摂取して死んだんだ」

「あなたがいくつのときだったの？」

「十四だ。母の容態に気づいて、救急車を呼んだのはぼくだった。行政はぼくを家から引き離し、孤児院に送ったよ」

「お父さんのところには行かなかったの？」

アンヘルは鼻を鳴らした。「父にはすでに跡取り息子がいたから、メイドとの子供など認知しようともしなかった。マドリードの屋敷に会いに行ったら、父はぼくに犬をけしかけた」

「なんてことを」ベルはささやいた。

アンヘルは顔をそむけ、月光にきらめく湖のほうをうつろな目で見た。

「父は一つ、いいことをしてくれた」抑揚のない声で言う。「今こんな話をきみにするのも、同じ親切心からだ。おとぎばなしのような夢物語など、この世にはない。それをあきらめたときに初めて、幸せはつかめる」

アンヘルがなめた数々の辛酸からして、そう思う気持ちはわかる。ただ……。ベルは唇をかんだ。「お父さんとはそれっきりなの？　腹違いのお兄さんとも？」

「向こうが会おうと思えば会えただろう」彼の目は険しかった。「ぼくにソヤ家の血は流れているかもしれないが、今となっては二人ともどうでもいい人間だ」ベルを見つめて続ける。「わかっただろう？　ぼくは結婚する気も、子供を持つ気もなかった。こんな男がどうして夫や父親になれる？」目が細くなる。「だが我が子に、ぼくのような寂しい思いはさせない。父親に拒まれたり、幻想に生きる貧しい母親に育てられたり、薄情な継父が次々にできたりという目には遭わせない。娘にはぼくの姓を名乗らせるから、きみはぼくと結婚しなくてはならないんだ」

ベルは必死に反論した。「でも、結婚以外にも方法はあるんじゃ――」

アンヘルはベルの頬に手を添えた。「応じなければ、出産できみをここに置き、子供はぼくが引き取る。いいね？」

あまりにもその口調が優しくて、すぐには意味が理解できなかった。ベルは目を見開き、身を引いた。「そんなことはやめて」

「勘違いしないでくれ。ぼくはきみとは違って、心優しい人間じゃない」

ベルは身を震わせた。「わたしを脅しているの？」

「今後の話をしているだけだ。きみの愚かな夢を、我が子よりも優先させないでくれ。指輪をつけないなら、ここからは出さない」

「あなたはどうなの？　結婚して一人の女性に一生尽くせるの？　愛してもいないのに」

「約束は守る」アンヘルはもどかしげに言った。「だからきみも守ってほしい」

泣くまいと、ベルはまばたきをした。「あなたが愛をあきらめるのは簡単だわ。誰も愛したことがないんだから」

静かな夜に、その痛烈な言葉がこだました。アンヘルが顎をこわばらせ、ひとしきりベルを見つめる。ようやく話しはじめたとき、彼の声にはなんの感情もこもっていなかった。

「プロポーズを受けるだろう？」

「そうするしかないでしょうね」

「ぼくもほかに方法がない」彼はプラチナの台座に支えられた大きなダイヤモンドを、ベルの指にはめた。「この指輪は、ぼくたちが互いに縛られるあかしだ。一生ね」

貴金属の冷たさと重さは、ベルの手にも心にものしかかった。「次は判事のところへ駆けこんで結婚するの？」

アンヘルは一笑に付し、それから真顔になった。「式はニューヨークで挙げる」

ニューヨークに戻るの？　わたしを痛めつけたあの街に？　こともあろうに、決して愛してはくれない人と、脅迫に等しい結婚をするために？「ますますすてきね」

「ぼくたちの結婚式は社交行事となる。きみはぼくの妻として、ニューヨークの社交界に確固たる地位を築くんだ」

ベルはまさかという顔をした。「わたしがニューヨークの社交界の中心になるの？」

「そうだ」

ベルは顎を上げた。「勝手に決めないで。わたしはあなたのものじゃないのよ」

アンヘルの黒い瞳がきらめいた。「それは違う」穏やかに言ってベルの手を取り、月光のもとで鋭い輝きを放つ指輪を見た。「今この瞬間から、きみはぼくのものだ」

アンヘルの手が重なり、ざらついた温かなてのひらを感じたとたん、ベルの体は熱くしびれ、口がおのずと開いた。

アンヘルは彼女を抱き寄せ、両手で顔をとらえて唇を重ねた。熱くなめらかな感触に、ベルの体からは力が抜けていった。容赦なく彼がキスを深め、ベルの頭を傾けて髪を探る。鼓動が速まり、彼女は息もつけなくなった。

あずまやの太く白い柱が、ベルの背中に食いこむ。電飾の下でピンクの花が咲き乱れるなか、アンヘルの唇が喉を伝うと、ベルは目を閉じて甘美な興奮に身をゆだねた。

アンヘルは両手をベルの腕から、赤いドレスの柔らかな生地に這《は》わせた。張りつめた胸やおなか、腰にまで軽やかに愛撫《あいぶ》を続ける。それから頭を低くし、彼女の鎖骨から胸の谷間にキスの雨を降らせた。

「きみが欲しい」アンヘルがささやいた。感じやすい耳たぶに息がかかって、ベルはおののいた。「今夜はぼくのベッドに来てくれ」

ベルは目を開けた。月明かりを浴びて銀色に輝く湖を背にしているためか、彼の顔は堕天使そっくりだ。レティから聞いた話によると、このスペイン人のプレイボーイは父親と同じサンティアゴという名前を嫌い、天使《アンヘル》と名乗っているのだそうだ。今ならベルにもその理由がわかる気がした。これ以上は拒めず、降伏するしかなかった。

アンヘルが無言でベルを両腕でかかえ上げた。広々とした屋敷のなかに入り、静かな廊下を歩いて主寝室へと向かう。部屋は暗く、大きな窓から月光が降り注いでいた。

うやうやしいとも言えるしぐさでアンヘルはベルを下ろし、その場に立たせた。足元がおぼつかない彼女の前でひざまずき、靴を片方ずつ脱がせて立ちあがると、またキスを始めた。それから、息をしようとするベルの後ろに手をまわして、ゆっくりとドレスのファスナーを下ろす。ドレスを胸や腕から外したあと、おなかから腰まで下ろすと、柔らかな衣擦《きぬず》れの音とともにすべてが床に落ちた。

シルクの下着だけで、ベルはアンヘルの前に立った。タキシードを着たままの彼が、月明かりのもとで彼女を見る。

「なんてきれいなんだ」アンヘルがささやき、ベルの肩に触れて、なまめかしいシルクのブラジャーの上から豊かな胸を包んだ。彼の手のぬくもりを重くなった胸に感じただけで、ベルはあえぎそうになった。うずく胸の先は、同じ手の下ですでにとがっている。

アンヘルはさらに身を寄せた。てのひらでベルのおなかのふくらみを探り、腰からシルクのショーツの端に沿って素肌をなでる。腕をベルの体にまわした彼は、彼女の背中に両手を置いて我が身に引き寄せた。

貪るようなキスをしながら、アンヘルは薄いシルクの下の胸に手を伸ばし、胸の頂を指で転がした。ベルが喜びの声をもらすと、彼はブラジャーのホックを外して床に落とした。

重みに驚いたように、アンヘルは両手でベルの胸をすくい、次に唇を近づけてゆっくりと口づけを始めた。

その強烈な刺激に、ベルはたじろいだ。歓喜の波の勢いがあまりにも性急で、このまま達しそうだ。彼は舌と熱く濡《ぬ》れた口で胸の先を愛撫しているだけなのに。

指先をアンヘルの肩に食いこませて、ベルはあえいだ。彼がまだ上着を着ていることにびっくりして、急いで蝶《ちよう》ネクタイをほどき、荒々しく肩から上着をはぎ取る。

すると、アンヘルが身を起こし、熱烈なまなざしでベルを見つめた。視線が絡み合うか、彼が自らシャツとズボンを脱いで床に放った。シルクのボクサーショーツを取った下腹部は早くも硬く張りつめていて、ベルは驚きとともに手を伸ばした。欲望のあかしは両手でやっと包めるほど大きく、そのベルベットのような肌触りと鋼のような硬さを楽しんだ。

今度はアンヘルが声をもらす番だった。

低くうなったかと思うと、彼は月明かりを頼りにベルをキングサイズのベッドに連れていき、横たわった自分の上に彼女をのせた。顔を引き寄せられてキスをされると、ベルの恥じらいや不安は消えた。ベールのような茶色の髪で、二人の顔が隠れる。

アンヘルはベルの脚を大きく開かせ、欲望のあかしを押し当てた。うずく体の芯に圧迫感を覚えただけで、ベルは息をのんだ。彼が大きく息を吸い、ベルの腰を持ち上げて狙いを定めた。それから拷問のようにゆっくりと、彼女の体を下ろしていく。

アンヘルがなめらかに入ってくると、ベルは快感にあえいだ。もう限界だと思っても、彼はなおも深く入ってきて、ベルの心まであますず満たした。

そうするあいだも、アンヘルは大きな手でベルの背中をとらえ、さらに脚を開かせた。

ベルは声をあげ、頭を後ろに傾けて本能のままに動きはじめた。引きしまったアンヘルの腹部に肌がこすれるうちに、妙《たえ》なる喜びが体の内側から湧いてくる。彼の指先がヒップに食いこむのを感じながら、ベルはふくらんだおなかの上で豊かな胸をはずませた。そうしてあるときは優しくゆるやかに、あるときは激しく深く、彼を駆り立てた。

やがてベルがわななきはじめ、感極まった声をもらすと、アンヘルの低いうなり声がそこに加わった。深く満たされながら叫び声をあげたベルは、我を忘れるほどの快感とともに頂点に達した。彼も同じように叫んで体を引きつらせ、ついに力つきた。

精も根も尽き果てて、ベルはアンヘルの上にくずおれた。彼がベルを優しく受けとめ、キスでこめかみの汗を拭う。

けれどベルが目を閉じたとき、低いささやき声が聞こえた。空耳か、さもなければ彼女の意識の奥にある恐怖がささやきかけているのかと思ったほど、声は小さかった。

「これでもう、きみはぼくのものだ」

5

大都会ニューヨークの街明かりがいくら華やかでまぶしくても、摩天楼の深い谷間にいる今は空も見えなかった。

お抱え運転手がハンドルを握る黒いキャデラックのなか、アンヘルと並んで座りながら、ベルは身も心もかじかんでいた。ボディガードの車を後ろに従え、ニュージャージー州の空港からミッドタウンを通り、ブロードウェイとオフ・ブロードウェイの劇場がある界隈《かいわい》を抜ける。そこはベルを完全にはじきだした世界だった。

ニューヨークでやっていければ、どこででもやっていけるという。けれどもベルにはできなかった。女優になって日々、別の誰かを演じてお金が稼げたなら、幸せだっただろう。ところがこの街は、面と向かって彼女をあざわらうばかりだった。

小さな町出身の大学にも行かなかった女が、裕福で非情な大都会の社交界へ、アンヘルの期待どおりに入っていけるの？

今までしてきたことといえば、ウエイトレスとして働き、異父弟たちを育てたことだけ。特別注文の料理を六つそらで覚え、それらを一度に運ぶのはお手のものだ。育ち盛りの十人のバスケットボール選手に、ブラウニーの大皿二つを届けることもできる。

けれど、上流社会に溶けこむのは？　アンヘルのように、高学歴で華麗に服を着こなす人たちと渡り合えるの？　過呼吸にならないでいるのがやっとじゃないかしら？

ベルは隣に座るアンヘルを非難がましく見た。「わたしはやめておく」

彼は携帯電話から目を上げもしなかった。

その日の午後にテキサスの牧場を出てからずっと、二人は同じ議論をしていた。

「あなたに恥をかかせるだけよ。お金持ちの人たちと、どうやって話せばいいかもわからないのに」

その言葉にはアンヘルも目を上げた。黒い瞳が愉快そうにきらめく。「普通に話せばいい」

ベルは柔らかな革張りの座席にもたれた。「彼らは普通じゃないわ。オックスフォードやプリンストンで博士号を取った人とか、大金持ちの企業家とか、どこかの大使とか、有名な画家とかなんでしょう。みんな、使用人が大勢いるお城で育っているんだわ」

「きみは本当にロマンティストなんだな」

「彼らとわたしには共通点が一つもないわ」

「いや、ぼくという共通点がある」

ベルは驚いてアンヘルを見つめた。それか

ら顔をそむけ、きらびやかな街を眺めた。

昨夜のアンヘルは、我を忘れるほどの喜びを与えてくれた。ただし、けさも目覚めたときは一人だった。左手の指には、大きなダイヤモンドの指輪がはまっていたけれど。

彼の要求に屈して結婚するのは子供のためと、ほかの選択肢がなかったからだ。愛に満ちた人生を送る、という望みは捨てるしかない。婚約指輪に目をやると、街の明かりを受けてなんとも硬く冷たい輝きを放っていた。

宝石をくれた男性と同じだ。

起きたあと、ベルは屋敷の主寝室で一人、高校時代から着ている伸縮性があるTシャツに着替えた。〝ブルーベル・ベアーズ〟という色あせた文字が、大きなおなかの上で伸びきった熊の絵に重なっている。下はカーキ色のショートパンツと、ビーチサンダルだ。

朝食のテーブルでは、アンヘルがコーヒーを飲んでいた。ボタンを留めた黒いシャツに黒のスラックスを合わせた姿は、とてもまねできないほど洗練されていて、ベルはドアロで震えた。昨夜のキスの余韻もあったし、一生をともにする結婚相手に彼がどんな挨拶をするかが気になった。

「おはよう」アンヘルはベルのほうをろくに見ずに言った。「よく眠れたのならいいが。今日はニューヨークに戻るぞ」

それだけ？　なんの温かみも親しみもない

言葉は、昨夜のことなどなかったかのようだ。体がばらばらになりそうなほど強烈だったひとときも、愛がなければむなしいだけだ。

そして今、彼に引きずられるようにして、わたしは心をくじかれた街に戻ってきた。ベルは車の後ろ座席でまたつぶやいた。「ニューヨークの社交界で女主人役を演じるなんて、わたしには無理よ」

「何を恐れている？」

「いい笑い物だわ。キャスティング・ディレクターより意地悪な人たちが、レティをどんな目に遭わせたか。お父さんが投獄されただけで……」

「あれはまた別の話だ」

「がらがら蛇よりたちが悪いと思うわ」ベルは醜悪なほど大きなダイヤモンドの婚約指輪を見た。「みんな、あなたと同じことを思うに決まっている。金目当ての女がわざと妊娠して、結婚という罠《わな》にはめたんだって」

「そんなこと、誰が思うものか」アンヘルはきっぱりと言い、ひどく尊大な表情をした。

この人は本当になんでも意のままになると思っているのだ。他人の頭のなかまでも。ベルは頭を振った。「でも、あなたがわたしと結婚するのは不自然よ。指輪も……」

「指輪がどうした？」アンヘルはそっけなくきき返した。気分を害したのか、いらだっているようにも聞こえた。

「きれいだけれど、わたしがはめると変だわ。ずっと働いてきた手だから。指一本上げずにすむ、王女様みたいな人がつけないと」自分の軽装を見下ろす。「あなたの妻は女相続人かスーパーモデルか女優がふさわしい。不格好なウニイトレスはお呼びじゃないわ」

「自分をそんなふうに言うものじゃない」アンヘルの顎がこわばり、なぜか目が険しくなる。「女優は過大評価されているだけだ」

ベルは眉根を寄せ、彼のハンサムな顔を見た。「つき合ったことがあるの？」

目をしばたたき、アンヘルが急に顔をそむけた。質問には答えず、こう言った。「ロマンティックな愛とは、欲と嘘《うそ》でできた夢だ。最後はすべて灰になる」再びベルのほうに顔を向ける。「ぼくたちがそういう関係じゃなくて、ありがたいと思うんだな」

言い返そうとしてベルはふと、結婚寸前でジャスティンに捨てられたときの気持ちを思い出した。彼は前妻とよりを戻しただけでなく、ベルには望めない子供までつくっていた。当時は、愛をそれほどいいとは思わなかった。

「あなたの言うような愛ばかりじゃないわ」ベルはめげずに反論した。

アンヘルの非情でいて官能的な唇が一方に曲がる。「成功例があるなら言ってくれ」

「そうね……」ベルは少し考えてから、誇らしげに言った。「レティとダレイオスとか」

「それこそぼくの説を裏づけている。あの二人は愛のために結婚したわけじゃない。運がよかったか、ましになるよう努力したかだ」

ベルは唇をかみしめた。「それなら、わたしたちにもできそうね」

アンヘルが笑顔で答えた。「その一環として、この街でも最高のウエディング・プランナーに会う手はずを秘書に整えさせた」

「あなたが会うの？」

「いや、きみだ。花嫁はきみだから。ぼくには仕事がある」

「男女の役割にこだわるなんて、ずいぶん古い考え方をするのね」

彼はにやりとした。「これでも分はわきまえている。結婚式の主役は花嫁だ」

ベルの不安は募るばかりだった。「大きな式はいらないわ。市庁舎に行けば……」

「レティとダレイオスのようにか？」

ベルは押し黙った。レティとダレイオスは今でこそ幸せでも、二人の結婚式はいくら前向きに考えてもひどかった。「いいわ、あなたのやり方で」彼女は小声で言った。

アンヘルはベルの肩に触れた。「少なくとも、ぼくたちにはなんの幻想もない。だからこの結婚は続く。少女のころの夢を、ぼくがかなえるとは思わないことだ」

ベルは身を引き、頭を高くした。「努力したところで、あなたには無理だわ」

アンヘルは思わせぶりな目をしてつぶやいた。「多少ならかなえてやれるが」

　そのかすれた声に、ベルはおののいた。いつしか車は停《と》まっていた。

「着きました、旦那様」運転手が言った。

「ご苦労、アイヴァン」運転手をねぎらってから、アンヘルはベルを見た。「家の者がきみを待っている」

「家の者って、前に会った執事のこと？」ベルは恐る恐るきいた。

「ああ。だが、ジョーンズだけじゃない。住みこみの使用人が三人、通いが四人いる」

「あなた一人の世話をするために？」ベルが戸惑いながら尋ねると、彼はほほえんだ。

「ぼくたちの二人のためにだ」

　アイヴァンがドアを開けた。首にタトゥーがあって目つきが怖い、ボディガードのキップも手伝って荷物が運びこまれるあいだ、アンヘルは手を貸してベルを車から降ろした。

　ブラウンストーンでできた邸宅を見上げ、ベルはごくりと唾をのんだ。

　数日前ここに来て、アンヘルに妊娠を告げたときは、彼の婚約者にして家の女主人として戻ってくるとは夢にも思わなかった。

　ドアの向こうの玄関広間では、お仕着せの使用人が七人並んで待っていた。先頭にいる執事は、邸宅を訪れたベルをけんもほろろにあしらったが、今は顔をしかめている。

ベルがあとずさりをしかけると、アンヘルが手をつかんで引き止めた。「今戻った。出迎えご苦労」彼は重々しい声で言い、ベルのほうに目を向けた。「紹介しよう、ぼくの花嫁になるミス・ベル・ラングトリーだ」

「こんにちは、ミス・ラングトリー」

「ようこそ」

「よろしく、ミス・ラングトリー」

使用人たちが一人ずつ自己紹介するあいだも、ベルはいたたまれなかった。使用人側に並ぶほうがふさわしい気がする。女主人になんて、どうしたらなれるの？　裕福な生まれだった友人のレティと違って、ベルには見当もつかなかった。自信のなさが顔にも表れているに違いなく、恥じ入るようにうつむいた。

アンヘルがさらに言った。「ぼくの妻として、ベルはこの家を取り仕切る。どうかみんなで教えてやってくれ」執事のほうを見て続ける。「頼りにしているぞ、ジョーンズ」

「かしこまりました、旦那様」

執事は調子よく応じたが、ベルを見る目には親しみのかけらもない。そのうち親しくなれるわ、とベルは思ったものの、今ほど居心地の悪い思いをしたことはなかった。

「とりあえずはもういい」使用人を下がらせたあと、アンヘルはベルを見て優しく言った。「きみの新居を案内しよう」

アンヘルに手を引かれ、ベルは邸宅の廊下

を進んだ。高い天井には、漆喰《しっくい》の繰形《くりがた》やシャンデリアもある。硬材や大理石の床に足音を響かせながら、彼女はオーク材の羽目板や石造りの暖炉の横を通った。「この家はどれくらい古いの？」

「それほど古くはない。建てられたのは一八九九年だ」

「わたしの田舎の町より歴史があるわ」恐れ入ったという口調でベルは言った。「本当に三人の使用人は、ここに住んでいるの？　ソファに寝そべっているとき、執事がうろうろしていたら落ち着かないんじゃない？」

アンヘルがほほえんだ。「使用人の夜用の住まいは別にある。五階にね」

「五階？　いったい何階建てなの？」

「七階建てだ。地下室を含めれば」

「だったら家というより、高層ビルだわ」

アンヘルの笑みが広がる。「おいで」

地下のワインセラーからホームシアターまで見せられて、ベルはますます目を丸くした。

「舞踏室にしては狭いが」五室の客用寝室や九室の浴室を案内して主要階にある舞踏室を、彼はそう評した。「さて、この家で二番目に好きな場所を紹介させてくれ」

エレベーターに乗せられたベルは、驚きの声をあげた。押されたのは屋上のボタンだ。

「エレベーターまであるの？」

屋上に着いて、七月の蒸し暑い夜気のなか

に出たとたん、ベルは息をのんだ。

鮮やかな青にきらめくプールにはラウンジチェアや、花と観葉植物に囲まれた更衣室まであった。けれど、いちばんの目玉は景色だ。屋上にたたずむ二人のまわりでは、五十階建ての摩天楼が燦然《さんぜん》と光り輝いていた。

ベルは手すりまで行き、眼下のにぎやかな通りを見た。左に一箇所だけ暗い部分があるのは、セントラルパークだ。「すごい」ため息をつき、アンヘルのほうを見た。「ここが家で二番目に好きな場所なら、いちばん好きな場所はどこ？」

彼の瞳が黒みを増し、声が低くなる。「今から案内するよ」

エレベーターに戻り、三階のボタンを押す。

ベルがまだ見ていない階でエレベーターのドアが開き、小さな広間に出ると、その向こうに一つだけドアがあった。

「あれは？」ベルはきいた。

「開けてごらん」

ベルはためらいながらも言うとおりにした。背後でアンヘルが明かりをつける。

そこはテキサスのよりも広い、飾りけのない巨大な寝室だった。ベッドは特大で、壁一面の窓には半透明のカーテンがかかっている。読書用の椅子を配した居間のような空間には化粧台、ホームバー、小さな書棚もある。脇の両開きのドアをのぞくと、羽目板張りの大きなウォークインクローゼットにダークスーツが数えきれないほど吊《つ》るされていた。

備えつけの浴室は、クロムメッキと大理石でできていた。ものがないのがかえって贅沢《ぜいたく》で、タオルさえ隠してある。確かに広くて品のいい部屋だけれど、屋上のプールほど壮観ではなく、ベルは戸惑った顔で尋ねた。「ここはあなたの寝室なの？」

アンヘルがうなずいた。

「この部屋のどこがそんなにいいの？」

彼が近づき、彼女の両肩に手を置いた。

「きみと使うことになるからだ」

テキサスでの情熱的なひとときを思い出して、ベルは身を震わせた。高潔ぶったいやそうな顔はできず、唇をかむ。「使用人たちがどう思うかしら？」

「ぼくが身重の婚約者と同じ部屋を使って、みなが驚くとでも？」アンヘルは低い笑い声をもらした。「いとしい人《ケリーダ》、きみはなんと純真なんだ。使用人たちは、ぼくが金を払って考えさせることしか考えない」

ベルには聞き流せない言葉だった。「わたしにもそうしてほしいの？　あなたの言うとおりにして、あなたが考えてほしいことを考えればいいの？」

アンヘルは眉をひそめた。「いや」ベルを腕のなかに引き寄せ、頬をなでる。「きみはぼくのしもべじゃないだろう、ベル。きみに期待するのは、自分らしくしていることだ。思ったことも正直に言ってくれ」

ベルは疑わしげな顔をした。「いいの？」

「もちろんだ」アンヘルの口の両端が上がる。「そうすれば、きみの考えを正せる」

ベルは天を仰いだ。「なるほどね」

「黙って従う妻には興味がないから、火花が散るくらいがいい。いるかいないかわからないなら憎み合うほうがましだから、腹が立ったら隠さずに言ってくれ。きみはぼくの妻となり、子供たちの母となって……」

「子供たち？」

「そうとも」彼は首をかしげた。「きみには兄弟姉妹のありがたみがわかっているだろう？　ぼくは一人っ子だったが、兄弟姉妹がいれば人生は違っていたはずだ。きみの弟たちも、きみがいなければどうなっていたか」

考えるだけでもぞっとする。異父弟たちは引き離され、里親に預けられたはずだ。あるいは、アンヘルのように孤児院に送られた。

ベルは唇をかんだ。「わかるわ。ただ……」

「ただ？」

「そうじゃなくても初めてのことばかりで、どうしようもなく人生が変わった気がするの。結婚式が社交行事？　お屋敷や使用人の管理？　もう何がなんだかわからない」

「いずれわかるようになる」

「デザイナーブランドの服のことも……」お

なかのところが伸びた〝ブルーベル・ベアーズ〟のTシャツを見下ろす。「礼儀作法も」

「明日の十一時に、きみ専属のスタイリストに予約を入れておいた。アイヴァンが連れていってくれるよ。キップも同行させる」

「なぜわたしにボディガードが必要なの？」

「アクセサリーの一つと思ってくれ。ぼくの世界ではつきものなんだ。きみのスタイリストだが……」ベルでさえ聞いたことのある、セレブ御用達《ごようたし》の人物の名前を告げる。「彼女が服から何から面倒を見てくれる」

「ボディガードにスタイリスト……」ベルはヒステリックな笑い声をあげた。「わたしはセレブでもないのに」

「だがその指輪のおかげで今やそうだ。あとは順を追って教えるよ。だんだん楽になる」

「どうすれば？」ベルは涙ぐみそうになった。

「こんなこと、どうすればうまくいくの？」

アンヘルが手を彼女の腕に這《は》わせた。急に彼を意識して、ベルの体は震えた。「ぼくに任せてくれ」ささやいたあと、大きなベッドへ連れていった。「まずはこれからだ」

そう言って、ベルにキスをした。

翌朝ベルが目を覚ますと、金色の日差しが背の高い窓から降り注いでいた。ベッドでけだるく伸びをした彼女は、まだ全身にアンヘルを感じていた。昨夜のことを思い出すだけで、爪先が丸まった。

そこでふと、笑みが消えた。テキサスにいたときと同じで、ニューヨークでもわたしは一人で目覚めた。ベッドの彼の側は空っぽだ。

昨夜は激しく求められて、不安も何もかも消し飛んだ。体を重ねて妙《たえ》なる喜びに溺れ、熱く強烈な欲望に焼き尽くされた気がした。

けれども朝になると、ベッドの隣と同じくらい冷たい現実を思い知った。

時計を見ると朝の十時で、ベルは仰天して起きあがった。ここまでの寝坊はしたことがない。妊娠初期でも五時起きで働いていたから、十時まで眠るなんて犯罪に近い気分だ。

ベルがベッドを出て裸のまま伸びをしたとき、おなかの子が蹴った。そこをなで、幸せそうにつぶやく。「おはよう、赤ちゃん」

それから、備えつけの浴室で熱いシャワーを浴びた。スーツケースのなかの数少ない持ち物は、すでに荷をほどかれていた。昨夜、邸宅を見てまわっているあいだに、若いメイドがしてくれたのならいいけれど。あの人を見下した執事にのぞかれるのはいやだ。全部、安売り店で買ったものばかりだから。

〝使用人たちは、ぼくが金を払って考えさせることしか考えない〟

きのうアンヘルはそう言ったけれど、ベルの経験では違った。お金をもらってウエイトレスをしていても、自分の考えはちゃんとあるった。いくら礼儀が大事でも、客に好き勝手をさせたりはしなかった。

〝黙って従う妻には興味がない〟

ベッドでのベルはそのとおりだった。強く勇ましくなれるのは、アンヘルのおかげとも言える。でも、自慢の妻になれるとは思えない。みんなに恥をかかせるだけでは？

濡《ぬ》れた髪をとき、洗濯したTシャツとショートパンツを身につけると、おなかのあたりがひどくきつかった。新しい服をそろえるのも悪くないかも。歯を磨きながらベルは鏡を見た。スタイリストがいるならありがたい。

偉そうだからエレベーターを使うのはやめて、裏階段を下りた。アンヘルが案内してくれていなかったら、すっかり迷子になっていたところだ。キッチンのほうに行くと、女性の笑い声が聞こえた。「旦那様も本気とは思えないわ。あんな人から指図されるなんて屈辱よ」

ベルは息をのみ、ドア越しに耳を澄ました。

「屈辱だろうと、今のところはただの女の言うことを聞くしかない」執事があざける声がした。「いったい何を欲しがるやら」

別の女性が言う。「ストリッパーが踊るときに使うポール？」

「揚げた豚の皮を銀の器に山盛り？」

「あれでもミスター・ヴェラスケスの選んだ花嫁だ」執事がなめらかな声で言った。「結婚中は従うふりをしないといけないが、子供が生まれたとたん、あの女はお払い箱になる。旦那様は今日、弁護士に会われるから、鉄壁の婚前契約書を作成させて――」

ベルが音をたてたのか、執事の声が急に途切れた。恐ろしいことに、すぐさまドアからジョーンズの頭がのぞく。立ち聞きがばれ、ベルの頬は燃えるように熱くなった。

だが執事は恥じる様子もなく、礼儀正しく言った。「おはようございます、ミス・ラングトリー。朝食はいかがなさいますか?」

ベルはどう答えればいいのかわからなかった。アンヘルがなんと言おうと、ここを取り仕切っているのはジョーンズだ。食欲が失《う》せた彼女は、かつて働いていたダイナーの朝食メニューを思いつくままに口にした。「そうね……スクランブルエッグとトーストがあれば……それと、オレンジジュースも」

「かしこまりました」

だがベルが肩を丸めて行こうとすると、執事が出てきて廊下の先を示した。

「朝食は食堂のほうでどうぞ。新聞とジュースとコーヒーはすでにご用意いたしております。どうぞごゆっくり」

とてもゆっくりできそうになかったけれど、ベルは一人で食堂の長いテーブルの端についた。ここなら二十人は座れそうだ。大きな花瓶にいけた花は香りが強すぎて鼻がむずむずしたし、経済紙は使用人たちの陰口を忘れるほどおもしろくなかった。

〝いったい何を欲しがるやら〟

〝ストリッパーが踊るときに使うポール？〟

〝揚げた豚の皮を銀の器に山盛り？〟

〝お払い箱だ……旦那様は今日、弁護士に会われるから……〟

今日、そんな予定があるとは聞いていない。アンヘルからは〝出かけてくる〟の一言さえなかった。熱い夜を過ごして、夜明け前に出ていっただけ。いつものことだけれど。

本当に彼は弁護士に、鉄壁の婚前契約書をつくらせているのかしら？

きっとそうよ。わたしは信用されていないから。二人の結婚はどうせ契約に基づいた、ビジネスの取り決めも同じだ。だから、わたしは使用人からも見下されている。

この邸宅を家とは思えなかった。シャンデリアや高い天井を見上げ、ベルは絶望感に襲われておなかをさすった。わたしはここにいるべき人間じゃない。この子もだ。

異父弟たちや、家族とギリシアにいるレティが恋しい。ブルーベルの旧友たちも。何よりも、前の生活を取り戻したい。大富豪の子を身ごもったせいで、わたしは常によそ者扱いされるの？　こんな環境で育ったら、我が子からもいつか見下されるのでは？

ジョーンズが朝食を届け、一礼して下がっ

た。だが、ベルは彼の薄ら笑いを見逃さなかった。数口食べても灰の味しかしなかったので、筋肉隆々のキップがドア口に現れたときはほっとした。

「お出かけになれますか、ミズ・ラングトリー？　アイヴァンは車をまわしています」

有名な専属スタイリストと会うのは恐ろしいけれど、大きすぎる邸宅で使用人たちにばかにされるよりはずっといい。ベルがテーブルを急いで離れると、身重の女性とは思えない機敏な動きにキップが目をみはった。

しかしその日の午後遅くに邸宅へ戻ったとき、むしろベルの気分は悪かった。いじりまわされ、磨きをかけられる以上にけなされたからだ。ベルの目の前で、有名スタイリストはショックと苦痛の声をあげ、助手を奔走させた。ベルのことは感情のない岩か、芸術家がこねる粘土としか思っていないようだった。

スタイリストがアトリエと呼ぶ十人の助手がいる専用サロンで、大富豪の妻にふさわしい服装や髪型が選ばれるあいだ、ベルはじっと耐えた。

七時間後、キップが新しい服を待たせてある車に運んでいるあいだ、スタイリストはベルに鏡を見せた。〝いかが？〟

ベルは息をのんだ。茶色い髪は非の打ちどころのないストレートになり、輝きを放っている。美顔術でまだひりつく顔は高価な保湿ローションと化粧品を塗られ、身重の体は上品な黒いドレスと黒いケープに覆われていた。鏡のなかの自分に驚き、ベルはおずおずと返事をした。〝見違えるようだわ〟

　もったいぶった声でスタイリストが笑った。〝それならわたしの任務は完了ね〟

　ベルはしゃれたケープを羽織った自分を滑稽に思いながら、重い足どりでブラウンストーンの邸宅に入った。

　明日はウエディングプランナーに会う予定だけれど、どうなることやら。アンヘルは婚約パーティを二週間後に開くと言っていた。〝そのころにはきみも落ち着くだろう〟

　落ち着くどころか、死にそうなくらい不安だ。ベルがげんなりしつつ歩いていくと、メイドと料理人が肘で小突き合うのが見えた。

「すてきなお姿ですね、ミス・ラングトリー」メイドが控えめに言った。

　からかっているの？　「ありがとう」ベルはそれだけ言って三階の寝室へ行き、しばらく睡眠をとった。数時間後、同じメイドがドアをノックした。

「ミスター・ヴェラスケスがお戻りになりました。一緒に晩餐《ばんさん》をとおっしゃっています」

　ふらつきながら服のしわと髪の乱れを直し、ベルは食堂に行った。

　彼女を見て、アンヘルは目を見開いた。テーブルから立ち、キスをする。「とても品がいい」ベルを椅子に座らせ、隣に腰を下ろしてほほえむ。「まさに社交界の女王だな」

ベルの不安や、食欲のなさには気づいていないらしい。だが寝室に戻っても反応がないと、アンヘルもさすがに眉根を寄せた。

「どうかしたのか?」

「このお化粧……」ベルはとっさにごまかした。「ハロウィンでかぶる仮面みたいで」

彼の顔がゆっくりとほころんだ。「それならなんとかできる」

ベルをシャワー室に引っ張りこみ、アンヘルが化粧をこすり落とすと、ベルはようやく自分を取り戻した気がした。けれども本当に生き返った気分になったのは、肌を湯気でほていながら大きなおなかと胸で彼の前に立ち、キスを返しはじめてからだった。

「よくなったよ」アンヘルがほれぼれと言い、シャワーの下でさらにキスをした。それからベルの体を優しくタオルで拭いてベッドに連れていき、自分の上にのせて、そっと頬をなでた。「あとはきみに任せる」

アンヘルの期待に応え、ベルは身も心も燃やし尽くした。彼とベッドで一つになると、すべての不安を忘れられた。あるのは喜びだけだ。わたしはアンヘルのもので、彼はわたしのもの……。

けれど朝目覚めたとき、ベルは一人だった。

6

二週間後、アンヘルはミッドタウンの四十階建ての自社ビルからしかめっ面で帰宅した。

彼の会社である〈ヴェラスケス・インターナショナル〉は、カナダのホテルチェーンの買収を行っていた。だが、二週間にわたる交渉は無駄に終わった。破格の条件にもかかわらず、先方が金よりも全従業員と全ホテルの現状維持を求めて申し出を拒んだせいだ。

アンヘルはさらに顔をしかめ、目を細くした。そんな約束をするばかがどこにいる？　頑固な取り引き先のせいで、自身の婚約パーティにも遅れそうだ。

契約が取れず、彼は気が立っていた。

決してブリーフケースにしまった婚前契約書を、ベルに渡すことは関係ない。

歯を食いしばり、アンヘルはブラウンストーンの邸宅の表階段を駆け上がった。結婚式はほんの一カ月先の九月初めで、ベルの出産はその数週間後だ。むろん、彼女には婚前契約書にサインさせる。大富豪が無一文の女性を妻にするなら、婚前契約書は必須だ。でなければ結婚の誓いがすんだ瞬間から、全財産の半分を失う危険が生じる。

花がふんだんに飾られ、給仕も増員されて招待客を待つばかりとなったアッパー・イーストサイドの自宅に入っても、アンヘルの眉間のしわは深いままだった。

エレベーターで三階に上がったアンヘルは、ベルの姿を見て足を止めた。姿見の前にいる彼女は流れるような黒いドレスをまとい、茶色い髪をうなじのところできちんとまとめてある。きのう彼が渡したダイヤモンドのイヤリングは、指につけた十カラットの婚約指輪にも負けない輝きを放っていた。だが、こちらを向いたベルの顔には血の気がなく、黒く長いまつげやルビー色の唇に比べて乳褐色の肌は青ざめていた。

「どうした？」アンヘルが尋ねると、ベルは弱々しくほほえんだ。

「パーティにはわたし一人で出るはめになるんじゃないかと、心配になってきたところだったの」

「まさか」彼はブリーフケースを置き、ベルの頬にキスをした。「きれいだよ」

「それなら、痛い思いをする甲斐《かい》もあるわ」

「痛い思い？」アンヘルは驚いてきいた。

ベルがドレスから、セクシーな黒のハイヒールを履いた足を突きだした。「下着も見せてあげたいわ」苦笑しつつ言う。

「ぜひ見たいね」

笑みを返したあと、ベルはため息をついた。

「ただ赤ちゃんは快適よ。おなかまわりはゆったりしているから」ブリーフケースに目をやる。「いつ見せてくれるの？」

アンヘルの手が止まった。「何をだ？」

「婚前契約書よ」

彼は目をしばたたいた。知っていたとしても当然だろう。ベルは勘もいいし、頭もいい。

「必要なことなんだ」

「わかるわ」

反論も文句もない。ベルはただ大きな茶色の瞳で、こちらを見ているだけだ。自分が卑劣に思えてアンヘルはますますいらだち、ベルに背を向けて服を脱ぎ、タキシードの上着を羽織った。

「アンヘル、あなたにとってわたしは見せびらかすための妻なの？」ふとベルが尋ねた。

「何を言いだすんだ？」

「きのう、ウエディングプランナーのところでそういう女性たちから話を聞いたの。自分は使用人も同じだと言っていたわ」クローゼットのほうを見る。「お仕着せならもうあるし。黒とベージュのドレスが何着も」

アンヘルはベッドに座り、イタリア製の革靴を履きながらいらだちを募らせた。「黒とベージュだけ着ろとは言っていない」

「ええ、でもスタイリストはそう言ったわ。それに、背が高く見えるからハイヒールを履けとも。拷問の道具みたいだけれど……」ベルは足元を見下ろし、ため息をついて顔を上げた。「ごめんなさい。精いっぱい頑張ってはいるの。ただ、あなたを失望させるのが心配で」か細い声で言う。「期待に応えて、新しい世界に溶けこめるのか不安なの」

「溶けこむ?」靴の紐《ひも》を結ぶ途中で、アンヘルはベルを見た。「ぼくも上流階級に生まれついたわけじゃないよ、ベル。マドリードで育ったころは持たざる者で、歓迎されない世界に溶けこむ方法は一つしかないと思い知らされた。だから、無視できないほどの力を身につけたんだ」

しばらくベルに無言で見つめられ、アンヘルは過去の話を持ちだしたことを後悔した。

すると、ベルが頭を振った。「力? わたしの力では、ウエディングプランナーに意見を聞いてもらえなかった。結婚式はひどいものになりそうよ」

「ひどい?」

ベルが目をくるりとさせた。「テーマはポストモダンで、ブーケの代わりにサボテンを持って、白いウエディングケーキの代わりに金粉入りの泡をついでまわるんですって」

「本当か?」

「サボテンを素手では持ちたくないし、野の花のブーケと普通のケーキがいいと言ったら、その人、笑ってわたしの頭をたたいたのよ」

アンヘルは低く笑った。「いとしい人《ケリーダ》、常

識外れという点でも、あのウエディングプランナーは業界一なんだ。今年最も華やかな式にするよう、ぼくからも言ってある」

「華やかって、何百万ドルも使って、好きでもない人たちを感心させることなの？」

「きみはその世界に溶けこみたいんじゃないのか？　盛大な式は力のあかしだ」

「彼女は弟たちもよばせてくれなかった。配管工と消防士には窮屈だろうって。見栄えが悪いと思っているんじゃないかしら」

ベルの異父弟たちをよばせなかった？　サボテンと金の泡なら我慢もできるが、愛する家族を除外するとは許しがたい。アンヘルは眉をひそめ、靴紐を結びおえた。「その件はぼくから話しておく」ベッドから腰を上げ、ベルに手を差しだす。「さあ、行こうか」

アンヘルの上着の腕にまわした手をかすかに震わせ、ベルが急に息をのんだ。「こんなに大勢のお客様が来るなんて……」

「大丈夫だ」ベルが怖じ気《おけ》づくのも無理はない。〝即席の婚約パーティ〟はとても仰々しくなったからだ。八月の週末なので、街には人が少なくてもおかしくなかった。ところが驚いたことに、招待客の多くは二つ返事で応じたばかりか進んで招かれたがり、コネチカット州やハンプトンズからはるばるやってくる者までいた。

誰もが興味津々なのだろう。かの有名なプ

レイボーイを手なずけた、テキサスの身重のウエイトレスはどんな女なのかと。

「わたしのうわさが広まっているのね」ベルは暗い声で言った。

「無視すればいい」

「執事が言うように、わたしはただの女よ」

「ぼくも十八でアメリカに来たときは、ただの男だった」

「だからこそ、あなたはよけいに輝きが増すのよ。ゼロから財を築いた大富豪で、失敗とは無縁の人生を送っているから」

それは違う。五年前は大失敗をやらかした。だが、ナディアのことをベルに話すつもりはない。今も、これからもだ。


エレベーターのボタンを押してから、アンヘルは急に顔をしかめた。「どういう意味だ、執事が言うようにとは？」

目をそらしてベルは打ち明けた。「二週間前、執事が料理人やメイドと話しているのを立ち聞きしてしまったの。みんな、わたしが女主人になるのを喜んでいなかった。ミスター・ジョーンズは、それでも従わなくてはいけないと言っていたわ。子供が生まれて、わたしがお払い箱になるまではって」

「なんだって？」

「わたしに聞かれても、執事は気にもしなかった」ベルは顔を上げ、ほほえもうとした。

「いいの、慣れればいいんだわ」

だが、アンヘルは怒りで顎をこわばらせた。使用人が、ぼくの妻となる女性とおなかの子をばかにするとは。しかもこの家で。

エレベーターが一階に着くと、アンヘルはベルの腕を取って臨時雇いの使用人たちが前菜や花の準備をしている廊下を進んだ。キッチンでは執事と住みこみの料理人であるミセス・グリーン、メイドのアナが忙しく料理を用意していた。

玄関のベルが鳴り、応対しようとする執事をアンヘルは呼び止めた。「ジョーンズ、きみはここにいろ」厳しい声で命じ、トレイを持って通りかかった臨時の給仕のほうを向く。「客を迎えるよう、キップに言ってくれ」

「キップとは誰ですか？」

「首にタトゥーのある男だ」

「わかりました」

アンヘルは使用人たちに視線を戻した。

「お客様のお迎えはわたしの役目かと、ミスター・ヴェラスケス」ジョーンズが言った。

アンヘルは三人を冷ややかに見まわした。「きみたちは全員、くびだ」

使用人たちはあっけに取られた。

「荷物をまとめて十分以内に出ていけ」アンヘルは苦々しげに続けた。

「でも……パーティの料理はわたしが……」ミセス・グリーンが口ごもる。

「わたしたちがいったい何をしたというんで

しょう？」アナが苦しそうな声で尋ねた。

「わたしどもを解雇するよう、旦那様におっしゃいましたね」執事が毒々しい目でベルをにらんだ。「告げ口をなさったんでしょう」

「そんなつもりじゃ……」ベルはアンヘルを見て、すがるように彼の肩に手を置いた。

「お願い、そこまでしなくても――」

だがアンヘルは肩をすくめてベルの手をどけ、三人の使用人をにらんだ。よくもベルに無礼なまねを。「パーティはもうきみたちの仕事ではない。あと九分しかないぞ」

執事が見下すように背筋を伸ばした。「結構でございます。あなたの奥方に仕えていたら、わたしの経歴に傷がつきますので。ここにいてはいけないのはこの方のほうです！」

「経歴に傷がつく？」アンヘルは冷ややかに言った。「よそでベルを侮辱したら、どうなるかわかっているだろうな」

「アンヘル」ベルは必死に彼の袖を引っ張った。「誰にも仕事を失ってほしくないわ。わたしはただ……」

「立ち聞きした日から、追いだすつもりだったんじゃねえのか」ジョーンズがかみついた。

ふくよかな料理人が息をのんでベルを見る。

「聞いてらっしゃったんですか？」

だがベルだけでなく、アンヘルもメイドも目を向けていたのは執事のほうだった。

ジョーンズの言葉になまりがあったからだ。

ベルを見た瞬間、執事が嫌ったわけをアンヘルは理解した。場違いなのはベルだけではなかったのだ。「きみはイギリス人でもないな」彼は責めるように言った。

「ああ、ニュージャージーの生まれさ」ジョーンズがスーツの上につけていたエプロンの紐をほどいた。「こんな仕事はうんざりだ。いくら金がよくてもやってられるか」ベルを見やる。「捨てられるまで、せいぜいしがみついてろ。こっちはさっさとおさらばだ」彼はエプロンを投げ捨てて出ていった。

アンヘルは二人の女性を見た。「言いたいことはあるか?」

アナが頬を染めてベルのほうを向いた。「申し訳ありません、ミス・ラングトリー。揚げた豚の皮は、実はわたしの好物で、こっそり食べているからだったんです……」

続いて料理人が恥じ入った顔で進み出た。「ストリッパーが踊るときに使うポールなんて言ったのは……」中年女性の頬も真っ赤だ。「若いころにストリッパーをしていたからで。赤ん坊の父親に捨てられて、必死だったんです」アンヘルに向き直り、白い帽子を取る。「履歴書には書いていませんが。こんな人間に、料理をつくらせたくないお気持ちはわかります」

「どうかくびにしないでください」アナが頼みこんだ。「仕事がないと、法科大学院《ロースクール》に通えなくなります。こんな好条件でお給料もいい勤め先は、ほかでは見つかりません」

「きみに選ぶ権利はない」アンヘルはベルを見た。「ぼくの婚約者次第だ」

ベルは二人の女性を見た。メイドは切々とした目で訴え、料理人は肩を落としてじっと床を見ている。「どうかここに残って」声は少し震えた。「わたしのもとで働くのが恥でなければ」

「そんな！」アナが勢いこんで言った。「恥じているのは自分一人です」

「わたしもです」料理人が静かに認めた。顔を上げると、その目には涙があふれていた。

「ありがとうございます」

ベルは笑みを浮かべた。「妊娠中の孤独な気持ちはわかるわ。子供のためにしたことを、誰が批判できるかしら」アンヘルを目の隅でとらえて、言葉を添える。「この際だから、どちらも昇給しましょう」

「えっ？」二人ともうれしそうな声をあげた。

「三〇パーセントね！」

「なんだって？」アンヘルが驚きの声をあげた。

「昇給額のことよ」ベルはきっぱりと言った。

「執事がいなくなって仕事が増えるから」

いいところを突いている、とアンヘルはしかめっ面で思った。それに、執事がいても家は居心地よくはならない。ジョーンズのように気取った執事なら、なおさらだ。

「わかった」アンヘルはしぶしぶ言い、使用人たちのほうを向いた。「ぼくの花嫁に、今回の寛大な処置を後悔させないように。二度目はないぞ」

「はい、旦那様！」

「仕事に戻ってくれ」

「はい、ただいま！」

アンヘルはベルと廊下に出ると、うなるように言った。「三〇パーセントだって？」

彼女が顎を上げる。「その価値はあるわ」

「きみの衣装代に比べれば、安いものだな」

「これはどうなの？」ベルはほほえみ、左手を高々と掲げた。薬指で大きなダイヤモンドがきらめく。「いくらするのか想像もつかないわ」

ただみたいなものだ。アンヘルは咳払《せきばら》いをして明るく言った。「イヤリングもだ」そちらはベルのために買った品だった。

ベルはイヤリングの片方に触れた。「イミテーションでよかったのに。誰に違いがわかるの？　無駄遣いもいいところよ」

「きみは金を搾り取るのが下手だな」

「ええ」ベルは指輪を再び見た。「きれいだけれど、気がとがめるわ。これで車が一台買えるでしょうね」

五年前なら、家を一軒買えたかもしれない。別の女性のための指輪だから、ベルがやましく思うことはない。アンヘルはそう言いたくなったが、固く口を閉ざした。どんなに環境保護に熱心な女性でも、ぼくがしたことをリサイクルの見本だと褒めたりはするまい。

ドアベルがまた鳴り、身長が二メートル以上あるキップが玄関ドアに向かった。キップがドアを開けると、某国の大使がぎょっとし、同伴の痩せた夫人は怯《おび》えた。

「あらあら」アンヘルの視線を追い、ベルはため息混じりにつぶやいた。

「キップは執事には向かないな」アンヘルは笑みを隠して言った。

「早く交代してあげましょう」

彼はベルに向かって眉をひそめた。「ぼくたちが出迎えるのか？」

「やり方を知らないの？」生意気そうな笑みを浮かべ、ベルは婚約者の手を取った。「さあ、アンヘル、盛大に出迎えるのがテキサス流よ」

彼女の小さな手は温かかった。くびれたドレスからのぞく胸の谷間に目が行き、アンヘルの体は急に熱くなった。「社交界の人間を恐れているんじゃなかったのか？」

「そうね」ベルは悲しげに笑った。「でも、怖くてもやりとげるしかないでしょう？」

ベルの美しい顔には決意がみなぎっている。その輝く瞳やルビー色の唇を見て、アンヘルは別の提案をしたくなった。客を全員追い返し、ドアに鍵をかけて、花とシュークリームが並べられたテーブルで体を重ねたかった。

ドアベルがまた鳴り、ベルはアンヘルをドアへ引っ張っていった。「ジョーンズはくびにした」アンヘルはキップに言った。「彼が盗みを働かないか見張っていてくれ」

「了解です」ほっとした様子でキップはさっと姿を消した。

アンヘルはベルの横に立ち、そうそうたる顔触れを出迎えた。ベルは全員と初対面だったが、会えて心からうれしいというように一人一人に温かな笑みを向けた。喜ぶ者もいれば、少々面食らう者もいたが、アンヘルは彼女にますます魅せられた。

次の数時間、客たちと交わるベルを見て、彼の胸には誇らしさと欲望が交錯した。ベルから目をそらせない。なんとすばらしい女性だろう。

ドレスに靴、そして化粧といい髪といい、ベルは社交界にすっかりなじんでいる。というより、いちばん目立っている。

心の奥に隠した恐怖や不安を思うと、なおさらベルが誇らしかった。アンヘルは美しさ以上に、彼女の勇気と気品に感心していた。

邸宅には至るところに色鮮やかな花が飾られ、ミセス・グリーンの心づくしのオードブルも極上だが、ベルはそれ以上にすばらしい。おかげでパーティは大成功だった。

しばらくして人であふれる舞踏室にアンヘルが目をやると、ベルはカナダのホテルチェーンの役員三人と談笑していた。ついでに招待しただけで本当に来るとは思っていなかった男たちは、ベルの言葉に大笑いしていた。ベルは人づき合いが上手だ、とアンヘルは驚いた。ナディア以上と言ってもいい。

ナディアとはマドリードの孤児院で知り合った。一歳年上の彼女は金髪で美しく、すてきなすみれ色の瞳とかすれた笑い声をしていて、アンヘルは一目で夢中になった。孤児院を出て父親のサンゴヴィア公爵のところへ行くと言うと、ナディアは感嘆した。〝わたしも連れていって〟その頼みを彼は聞き入れた。

ナディアが灌木《かんぼく》の陰から見守るなか、公爵家の門番はアンヘルの父親に電話をかけた直後、ばかにした顔を向けると、犬を何匹も彼に放った。アンヘルは犬に吠《ほ》えられ、かみつかれそうになりながら門の外に逃げ、彼女の足元に倒れこんだ。

〝だめだったのね？〟ナディアは冷ややかに彼を見下ろした。三メートル以上もある錬鉄製の門の向こうに目をやると、ヤシの木立の先に公爵家の屋根が半分だけ見えた。〝わたしもいつか、あんなところに住むわ〟

〝ぼくはごめんだ〟顔の血を拭きながら、アンヘルは嫌悪の目で振り返った。ゆっくり立ちあがり、膝の傷もズボンの裂け目も気にしないふりをした。〃ぼくの家はあれより百万倍も立派にする〃彼は美しい金髪の少女を見た。〃そして、きみはぼくの妻になるんだ〃

〃結婚するってこと？〃ナディアの目は冷たかった。〃わたしは映画女優になるから、あなたとも誰とも結婚しないわ。自分では手に入らないものを、あなたがくれるなら別だけど〃美しい顔をしかめ、公爵家に目を戻した。〃わたしを公爵夫人にしてくれるならね〃

それだけは無理だった。アンヘルは正当な跡取りではなく、婚外子にすぎないからだ。父親はぼくに家も姓も与えず、ほんのわずかな時間さえも割かなかった。そう思うと胸に痛みが走り、彼は激しい怒りに駆られた。

ぼくは父以上の男になろう。腹違いの兄にも誰にも負けはしない。

顎をぐいと上げ、アンヘルは言ってのけた。〃いつか大富豪になったら、結婚を申しこんで、きみにイエスと言わせてみせるよ〃

ナディアはばかにした笑い声をあげ、たばこを取りだした。〃大富豪に？　いいわ、そうなったら申しこんで〃

アンヘルは三十歳になるまでに一財産を築き、会社が上場された日にバルセロナに飛んだ。そこで映画を撮っていたナディアの前で、片方の膝をつき、ずっと思い描いていたとおりに指輪を差しだした。

ナディアは女王のように美しい姿で映画の

セットに腰を下ろし、悲しげにまつげを震わせた。〝ごめんなさい。遅すぎたわ。あなたのお兄さんとの結婚に応じたばかりなの〟左手を上げ、精巧な年代物の指輪を見せた。〝パラシオ・デ・ラ・パルマに住んでいずれは公爵夫人になるつもりなら、サンゴヴィア公爵の正当な跡取りと結婚しないとね。悪いけれど、あなたとじゃ無理だもの〟

　自分が会ったこともない父親と異母兄とナディアが暮らすと思うと、アンヘルは奇妙な気がしたものだった。オティリオと結婚して五年、ナディアは公爵夫人になる日を待ちながら、〝世界一の美女〟という異名を欲しいままにしていた。

「すばらしい女性を見つけたね」

　物思いから我に返り、アンヘルは話しかけてきた男に急いで注意を向けた。ロブ・マクヴォイは、カナダのホテルチェーンの最高経営責任者《CEO》だった。「恐れ入ります」

「ベルのような女性が愛する男は、信頼に値する。気が変わった。きみに賭けよう。契約に応じるよ」

　思いがけない申し出に、アンヘルは目をしばたたいた。「本当ですか？」

　驚く彼の肩を、ロブはぽんとたたいた。

「近いうちに必ず弁護士から連絡させる」

　アンヘルは驚きに打たれたまま、相手を見送った。難航した交渉は二週間に及び、裏があるだの、信頼性に欠けるだのと難癖をつけられていた。それが突然、カナダ人たちは会社を売る気になった。

ベルと二十分間過ごしただけでか？

数時間後、最後の客が名残惜しげに帰ったあとも、アンヘルはまだ衝撃から立ち直れなかった。ベルはすでに部屋に引き上げている。妊婦が疲れたと言っても誰も悪くは思わず、人々は温かな笑みで彼女を見送った。これも驚くべきことだった。どうやってベルはすっかり人気者になったんだ？

アンヘルは三階に上がり、ベルがいる寝室に行った。ベッドに座る彼女はハイヒールを脱ぎ、うつむいて足をさすっていて、アンヘルの目は胸のふくらみに吸い寄せられた。

「靴のせいで死にそうだったわ！」

アンヘルはタキシードの上着を床に放り、ベルの隣に座って彼女の足を自分の膝にのせ、マッサージを始めた。

「天国だわ」つぶやいたベルは、うっとりと目を閉じて枕にもたれた。

「パーティは楽しかったか？」

ベルが返事をするまでには、少し間があった。「ええ。すばらしかったわ」

アンヘルはマッサージの手を止めた。「本当のところはどうなんだ？」

ため息を一つつき、彼女は目を開けた。

「よかったんじゃない？」試しに言ったよう

な、さっき以上に信じにくい言葉だった。

「きみほど芝居の下手な女優は見たことがない」アンヘルは土踏まずをもみはじめた。ベルが気持ちよさそうな声をあげる。

「そうね、楽ではなかったわ。足は痛くてしかたないし、話はちんぷんかんぷんだし。翌日物借入金利の効果的利他主義とか……」

「その二つには、なんのつながりもない」

ベルはいらだたしげに彼をにらんだ。「わたしにはわからないから、どうでもいいわ」あくびをする。「そうしたら、聞いたこともない画家の展覧会の話になったの。わたしがそう言うと、みんな、唖然《あぜん》としていたわ。あなたはその画家の絵を持っていたのね。彼らはそこまで連れていって見せてくれた」

「誰の絵だ?」

「ええと……ミラだったかしら?」

「ジョアン・ミロか?」

「ああ、その人だわ。あの絵が一千万ドルですって? 嘘《うそ》だって言いそうになったわ。あんないたずら書きが? 園児でももっと上手に描くわ」

「そう言わなかったのは如才なかったな」

「なんとか我慢したわ」

アンヘルはほほえんだ。「今夜のきみはすばらしかった。話した人々は、誰もがきみのとりこになっていたよ」

ベルの頬が染まる。「本当? 親切で言っ

ているだけじゃなくて？」

「ぼくを誰だと思っている？」

ベルがにっこりした。「まあ、力は尽くしたわ。無理やり笑って、お世辞を言って。なんてきれいなドレス！　なんてすてきなネックレスって！」

「男たちには？　ネクタイを褒めたのか？」

ベルは媚《こ》びるようにまつげをしばたたいた。

「サッカーの話をして、それでだめなら馬。最後の手段は政治ね」

「政治に詳しいのか？」驚いて彼はきいた。

「ちっとも。でもいったん話が始まれば、あとはその人の独壇場で、こっちは相づちを打つだけだもの」うなじをさすり、またあくびをする。「くたくただわ。大富豪ご自慢の妻を演じるって、こんな感じなのね」

「きみは数十億ドルの取り引きをまとめた」

ベルは眉根を寄せた。「なんですって？」

「マクヴォイ一族の――」

彼女の顔がぱっと輝いた。「ああ、カナダから来た愉快な人たちね。ゆうべ見たアクション映画の話をしていたわ。スペインの映画スター……」目をくるりとさせる。「あの有名女優にお熱みたいで。もうどこかの貴族と結婚しているようだけれど、わたし、言ってあげたの。夢は捨てちゃだめですよって」ベルは歯を見せて笑った。「映画スターは結婚と離婚を繰り返すものでしょう？　彼女だって、今度はホッケーの得意なカナダの中年男性がいいなんて言いだすかもしれないわ」

アンヘルは凍りつき、咳払いをした。「ぼくはマクヴォイ一族の会社を買収するために、何週間も交渉を続けていたんだ」声がまだうわずっていたので、あえてほほえむ。「だが、きみのおかげでさっき合意にこぎつけた」

「わたしのおかげで?」ベルは仰天した。

「きみが愛する男に悪人はいないそうだ」

「まあ」頬を真っ赤にし、ベルは急いで弁解した。「あなたを愛しているなんて、わたし一言も言わなかったわ」

「結婚するからにはそうだと思ったんだろう」アンヘルはさらりと流した。「後ろを向いて」ほつれた茶色い巻き毛を払ってベルのうなじや肩をもむと、バニラとオレンジの花のような香りがした。

ベルが肩越しにアンヘルを見た。「一つ、きいてもいい?」

「だめと言ってもきくんだろう?」

彼女はにっこりし、それから真顔になった。

「なぜ愛に背を向けるようになったの?」

ベルの肩に置いた手が止まる。「両親のせいだ。話しただろう?」

「ほかにもあるでしょう? 誰かいたはずよ」ベルは深呼吸をし、すがるように彼を見た。「わたしの悲しい恋物語は知っているわね。でも、あなたからは何も聞いていない」

「きみの言うとおりだ」アンヘルは静かに告げた。「一人いた」

　ベルが背筋を伸ばして向き直った。

なぜ話す？　今まで誰にも打ち明けたことがないのに。「十代のころ、孤児院で出会った女の子だ。すみれ色の瞳に金髪の、きれいな子だった……」当時の気持ちを思い出し、アンヘルの体はこわばった。「彼女はぼくより年上で、世慣れていて、勇敢だった。二人には大きな夢が——世界を征服する夢があった」おかしくもなさそうに笑う。「十四歳のとき、ぼくは結婚を申しこんだ。しかし成功してからにしてと言われて、そうした」

「成功って何をしたの？」

「十億ドル稼いだ。彼女のために」

　ベルの目が見開かれた。

　アンヘルの顎に力がこもる。「十六年かけて五年前、自社を上場し、ダイヤの指輪を持ってスペインに行ったんだ」

　思わずベルの左手に目が行ったが、幸い彼女は気づいていなかった。ベッドに座り、大きな目で彼を見ている。

「それで？」息をつめてベルがきいた。

　アンヘルの口がゆがんだ。「遅すぎたよ。彼女はぼくがあげられないものが欲しくて、腹違いの兄と婚約したばかりだった」

　ベルが驚愕《きょうがく》の表情を浮かべた。「腹違いのお兄さんと？」

アンヘルは引きつった笑みを浮かべた。「オティリオに惹《ひ》かれたのはぼくに似ているせいもある、と彼女は言った。ぼくのアップグレード版だからだと」声になんの感情もこもっていないのは、努力のおかげだった。ぼくはどんな感情も見せないし、持たない。

「彼女を恨む気にもなれなかった。ソヤ家の嫡男と結婚すれば、富も名声も権力も手に入る。そして父の死後は公爵夫人だ」

「だけど、よりによってあなたの兄弟と！」

「あとで聞いた話では、二人の結婚はマドリードの一大社交行事になったそうだ」

「ひどい女性ね！」ベルは憤慨し、愛らしい顔を引きつらせた。「あなたが愛と結婚を信じないのも無理ないわ。オティリオと結婚すると言われたあとはどうしたの？」

アンヘルは肩をすくめた。「ニューヨークに戻り、それまで以上に働いた。今やぼくの財産はソヤ家を上まわる。ソヤ家がアルゼンチンに牧場を持っていると聞いて、ぼくはテキサスにもっと大きな牧場を買った。美術収集でもこっちが上だから、もう張り合う必要はない。どうでもいい存在だ」

「家族なのに」わびしげにベルが言う。

「拒んだのは向こうだ」

手を伸ばしたベルに抱きしめられ、ひとしきりアンヘルは小さな体のぬくもりに浸った。緊張が解け、深く息を吐く。それから身を引いて彼女を見つめ、ほつれた髪を優しく後ろに払った。

ベルはぼくに誠意と慰めを与え、その魅力で取り引きをまとめてくれた。なんの見返りも求めずに力を尽くしてくれた感謝のしるしとして何かプレゼントをしたいが、彼女は宝石や服や絵には目もくれない。とりわけ絵は問題外だ。アンヘルは内心ほほえんだ。ではなんにする？　そうだ！

「ウエディングプランナーはなしにするよ、ベル。きみが望む結婚式を挙げよう」

「本当に？」

ベルの目が輝いただけで、言った甲斐はあったと彼は思った。「きみは弟たちに来てほしいんだろう？　それならぼくの自家用機を迎えにやる。子供が生まれる前にきみと夫婦になれれば、教会で式を挙げなくてもいい」

ベルが考えこむように首をかしげた。「ここで結婚するのはどう？」

「ぼくの家でか？」

熱心に彼女がうなずき、晴れ晴れとした顔で言った。「サボテンじゃなくて花のブーケを持ち、泡じゃなくて本物のケーキを用意するの。それに、本当に食べたいものを食べる」

「ああ、ベル」低く笑ってアンヘルはベルを引き寄せ、顔を両手で包んだ。「きみは一生、上流社会には溶けこめないな」ベルが傷ついた顔をしても、彼はなおもほほえみ、彼女の顎をそっと上に向けた。「なぜなら、ケリーダ、きみは生まれつき飛び抜けているからだ。今夜、きみにかなう女性はいなかった。ぼくは目を離せなかったよ」

ベルは頬を染めた。「本当?」

「一つだけ難を言えば、そのドレスだな」黒い生地に手をやる。「見ていられない」

ベルが背中のファスナーを恐る恐る調べた。「どこがまずいの?」

アンヘルは彼女を腕に抱き寄せ、唇を近づけた。「きみがまだそれを着ているところがね」

7

アンヘルにとって、セックスは常に単純で気楽なものだった。一瞬の解放で、すぐに忘れられるつかの間の快楽だった。

ところが、ベルとのセックスはまったく違っていた。欲望は炎となって燃え盛り、ドラッグみたいにいくらでも彼女が欲しくなった。困った副作用があるのもドラッグと同じだ。

ベルをアッパー・イーストサイドの邸宅に住まわせ、毎夜ベッドをともにするようになってから、アンヘルの生活は日中も変わっていた。彼女の頼みは何も拒めなかった。

まずは結婚式だ。ウエディングプランナーの提案どおりなら今年一番の社交行事になっただろうが、ベルはささやかな身内だけの式でいいと言った。

なんの脚光も浴びないなら、執り行っても意味はない。だが、彼はベルの希望に添った。

しかも、変化は結婚式だけにとどまらなかった。アンヘルは昼間、会社経営に集中すべきときでもベルのことを考えるようになっていた。カナダ人との取り引きはまとまったが、散漫な注意力は仕事にも影響していて、自分が開いた会議が早く終わらないかと思ったり、あくびが出そうになったりした。

十六年間かけて築いた〈ヴェラスケス・インターナショナル〉は一大多国籍複合企業にのしあがり、食品から清涼飲料水、運動靴、五つ星のリゾートホテルに至るまで幅広いブランドを持っていた。この五年間、取りつかれたように小さな会社を買い集め、世界制覇を目指した結果だ。

だが最近買収した、コペンハーゲンに本拠地を置く栄養補助食品会社との契約書にサインしても、アンヘルはなんの達成感も湧かなかった。感じるのはいらだちだけだった。

ビタミン剤やプロテインがなんだ。早くベルのいる家に帰りたい。そうすれば彼女を抱きしめ、ベッドをともにできる。

それだけならまだしも、夜、ベルの深く感情豊かな茶色の瞳に見とれながら甘美な唇にキスをしていると、二度と持たないと誓った気持ちが芽生えるのだ。欲望以上の何かが。

ぼくは、ベルがどう思うかを気にしているのだ。冷酷非情で知られる男なのに。

昼間はそんなことを考えるだけで、アンヘルは骨の髄までぞっとした。弱い男になってどうする？　数週間後にはベルと結婚し、ともに子供を育てるんだぞ。

結婚は我が子に姓を授けるための、紙切れの上の手続きにすぎない。

しかし、現実のぼくはベルを大切にし……幸せを願い……必要としている。

誰かを愛して打ちのめされるのは、一度でたくさんだ。そんな危険は冒せないし、そこまで愚かにもなれない。なれるわけがない。

だが結婚式が近づくにつれ、アンヘルはますます落ち着きを失った。自ら言いだした結婚が今では時限爆弾のように感じられ、身の破滅を招きそうで、いっそ逃げだしたかった。

約束したじゃないか。アンヘルは懸命に自分に言い聞かせた。ベルと生まれてくる我が子に、ぼくはどこにも行かないと。

それでも結婚式の日が迫ると、不安はいや増した。その気持ちを振りきり、否定しようとどんなにあがいても無駄だった。

ベルと結婚するのは我が子のためだ。ただの手続きで、心は関係ない。

しかし、日に日にアンヘルの神経はとがっていく一方だった。

結婚式の日、ベルは夜明け前に目を覚まし、九月の灰色の光のなかでベッドの横を見た。その顔に、太陽よりもまぶしい笑みがはじける。

いい予感がする。二人の結婚式である今日、初めてわたしは一人で目覚めなかった。アンヘルはベルの隣で眠っていた。薄暗い寝室で彼の深い寝息を聞きながら、彼女の胸には感謝の気持ちがあふれた。

あんなに恐れ、心を砕いた日がついにやってきた。今夜、わたしはアンヘルと結婚する。予定日の三週間前だけれど、なんとか間に合った。今やおなかは大きくふくらみ、シンプルなウエディングドレスにも入りきらないくらいだ。それでも屋上庭園でキャンドルを灯した結婚式を挙げたら、わたしは正式にアンヘル・ヴェラスケスの妻になる。

ニューヨークでの一カ月は、思いがけない喜びに満ちていた。邸宅の改装もそうで、見た目はともかく、七階建ての建物はエレベーターや屋上庭園やワインセラーに至るまで、我が家はこうあるべきと思えるような、居心地がよくてくつろげる場所になった。冷たい無機質な装飾は柔らかな印象を与えるものにして、角張った家具は体がすっぽり埋もれそうなソファなどと取り替えた。

主寝室のクローゼットのなかは残念ながら、今も流行の黒い服やハイヒールであふれている。社交の場に出ていくのは相変わらずいやでたまらないけれど、プラスに考えるならその分、家に帰る喜びは大きくなる。

アッパー・イーストサイドにある邸宅は、いつしかベルの家になっていた。

紆余《うよ》曲折をへたあと、料理人のダイナ・グリーンとメイドのアナ・フェルプスとはいい友達になった。話し相手が欲しいのと家事が好きなのもあって、ベルが二人の仕事を手伝ったからだ。そのあいだにアナの法科大学院《ロースクール》の試験勉強を応援し、ダイナからはおいしい料理を教わった。休日には進んで料理を引き受けて、ダイナがフィラデルフィアにいる息子のところへ行けるようにもした。

今夜の結婚式の計画も、全部三人で立てた。とはいえ、凝ったことは何もしないつもりだった。短時間の式に列席するのは家族や友人たちのみで、司祭はアンヘルの友人の判事が務める。結婚許可証はすでに取った。そのあとは、屋上のテーブルでローストビーフやグリルしたアスパラガスを出す。それからジャズの演奏で踊り、ケーキとシャンパンで乾杯して、真夜中にはお開きにするのだ。

計画に頭を悩ませはしなかった。ベルはごく普通の結婚式を挙げられればよかった。それに、運転手がいる裕福なアッパー・イーストサイドでの暮らしは、ブルックリンのエレベーターもないアパートメントで貧乏暮らしをしていたころとは雲泥の差があった。

邸宅には産科医が往診してくれて、自分の時間も場所もある。毎日、帰宅したアンヘルと長いテーブルで夕食をともにするだけで、ベルの胸はときめいた。会社が忙しくて働きづめではあるけれど、週末になると彼はベル好みの小さなカフェや、はやりのレストランに連れていってくれた。

ブロードウェイの有名なミュージカルにも行った。絶対に手に入らないと誰もがあきらめている最前列の席にアンヘルと並んで座りながら、ベルは思った。舞台の女優と入れ替われるとしても、わたしは今のほうがいい。アンヘルが隣にいて、彼の手が守るようにおなかのふくらみに置かれているのだから。照明が落とされた劇場でベルがアンヘルのほうを見ると、視線を感じたのか、彼はぎゅっと手を握ってくれた。

ところが一分後には、不意に手を放した。

奇妙なことに、最近のアンヘルは目と目でわかり合えたり冗談が通じたりして、とても身近に感じられるかと思えば急によそよそしくなり、部屋を出ていくことさえあった。

彼は仕事か何かでいらだっているに違いない。ベルは自分に言い聞かせた。三週間後に生まれる子供が心配とか。二人で我が子を抱きしめるときが、今から待ち遠しい。

赤ん坊はベッドの隣の揺りかごに寝かせるつもりだった。けれどせっかく子供部屋があるので、ベルは自分でそこの模様替えもした。壁は淡いピンク色に、かわいいベビーベッドとロッキングチェアは白にし、隅には三メートル半はあるシロクマのぬいぐるみを置いた。シロクマはアンヘルがきのう、キップに手伝わせて子供部屋に運びこんだ。

ベルは笑った。〝あなたっていい父親になりそうね。もっと大きいのはなかったの？〟

〝なくてよかったよ。クレーンで窓から入れるしかなかっただろうから。これだって、エレベーターにやっとおさまったんだ〟

〝お手柄ね〟ベルは幸せな気分でアンヘルにキスをした。〝今日、わたしがしたことといえば、赤ちゃんの名前のつけ方に関する本を読んだくらいよ〟

〝何か思いついたか？〟

〝ええ、まあ〟ベルはおずおずと答えた。彼は上機嫌のようだし、思いきって言ってみた。〝エマ・ヴァレリアはどうかしら？　お互いの母親の名前を取って〟

とたんに、アンヘルの表情が冷たくなった。

〝きみの母親の名前をつけるのはいい。だが、ぼくの母の名前はやめてくれ〟そう言って、あっという間に子供部屋を出ていった。

ベルは身を震わせた。アンヘルの機嫌は恐ろしいくらいに急変する。何が引き金になるかはわからない。このうえなく幸せなひととき でも急に寄せつけなくなるし、情熱的にも強引にもなれば、寛大にもたまに優しくもなる。けれど婚約パーティの夜、自分を裏切ったひどい女性の話をして以来、二度と個人的な話はしてくれなくなった。

ベルはきっぱりと首を振った。心配しても意味はない。今日はわたしの晴れの日なのだから、アンヘルの隣で目覚めた喜びをただかみしめよう。

アンヘルを起こさないように気をつけながら、ベルは静かにベッドを離れた。背の高い窓まで行き、半透明のカーテンを開けてニューヨークの通りを見下ろすと、ピンク色と灰色の淡いもやのなか、タクシーや通行人が早くも行き交っていた。

日が落ちたら、わたしは家族や友人たちに囲まれて、アンヘルと生涯の誓いを立てる。レティとダレイオスも丸々としたかわいい赤ん坊を連れて、ギリシアからやってきた。レティは式の数時間前から、ここでわたしの着つけを手伝ってくれる。

二日前には、アンヘルが自家用機を使ってベルの異父弟たちを連れてきた。アトランタから来たレイは配管業を営み、デンヴァーから来たジョーは消防士になる訓練中だった。

異父弟たちを見て、ベルは泣いた。会うのは二年ぶりで、三人はひとしきり抱き合った。叔父になると聞いて異父弟たちは大喜びし、ベルの大きなおなかにもブラウンストーンの高級住宅にも歓声をあげた。

〝もう別世界の人だね、ベル〟レイが野球帽を取って恐れ入ったように玄関広間を眺め、自分たちが泊まる客用寝室にも目をみはった。

〝タオルを使うのも怖いよ〟とジョーが打ち明けると、ベルは〝我が家でばかな遠慮はしないで〟とたしなめた。

するると、ジョーがつくづくと姉を見た。

〝幸せなんだよね、ベル?〟首を振って言い直す。〝そりゃ、自家用機や豪邸とかはすごいけど、彼に愛されているのかい? ベルは彼を愛している?〟

期待のこもった異父弟の目は半ばすがるようで、ベルは姉らしい嘘《うそ》をついた。〝もちろん〟そして、これは嘘ではないと思いながら続けた。〝わたしも愛している〟

式の二日前、彼女はとうとう気づいたのだ。アンヘルを愛していると。

脅されてプロポーズを受けたときは、アンヘルに愛されなくても傷ついてはいけないと思っていた。辛辣で非情な彼は誰も愛せない。そもそも愛などという感情はないのだ。だったら、我慢してやっていくしかない。

けれども、ベルは間違っていた。

〝十億ドル稼いだ。彼女のために〟

かつて心から愛した女性の話をするときの、アンヘルのかすれた声は、今でもはっきり耳に残っている。すべてはわたしの勝手な思いこみだったのだ。

アンヘルは愛を知っていた。目覚めた街を窓から見ながら、ベルの胸はつぶれそうだった。一人の女性を愛したアンヘルは、何年もかけて彼女の心を射止めようとした。まるで異父弟たちが小さいときに読み聞かせたおとぎばなしのようだ。本のなかの若い農夫は美しい王女の心を射止めるために、竜を退治し、軍と戦い、七つの海を越えた。

ただ、アンヘルは真実の愛をつかみ損ねた。メイドの婚外子は、父親だけでなく恋人にも拒まれた。それでも平気な顔をしてテキサスの歴史ある牧場を買い、世界でも一流の美術品を集め、父親以上の財産を築いたのは、実は深く傷ついていたからだ。

アンヘルに愛する人がいても、別にかまわない。昔の話だからだ。その女性は彼の異母兄と結婚し、海の向こうのスペインに住んでいる。

けれど、ここニューヨークのおとぎばなしではベルが農夫で、アンヘルはハンサムで近寄りがたい王だった。彼を勝ち取るためなら、わたしもなんでもする。竜を退治し、軍とも戦おう。でもどうやって？　アンヘルの子供を宿しても、彼の心は手に入らなかった。

振り向くと、アンヘルはまだベッドに手足を投げだしていた。窓から差しこむ夜明けの光には、淡いピンク色の輝きが加わっている。

アンヘルの力強い体を目でたどりながら、ベルは切なく願った。彼がわたしのものならいいのに。本当にわたしのものなら。

ある意味では、そうだと言えるかもしれない。わたしはアンヘルの妻になり、人生とベッドをともにするのだから。

だけど、彼に愛はない。

備えつけの浴室の熱いシャワーで、ベルは不安を洗い流そうとした。愛に応えてくれない男性との結婚が怖くてたまらなかった。

昔の恋人を、彼はまだ愛しているのだ。

子はかすがい、という言葉は幻想にすぎない。アンヘルは子供思いの父親になり、娘を愛してはくれるだろう。それでもわたしに向けるのは、パートナーとしての敬意と欲望くらいで、心のなかには受け入れない。スペイン美女のためにしたように、わたしに人生を捧《ささ》げたりはしないのだ。

シャワーから出たベルは、白く分厚いローブを身につけた。鏡の曇りを拭き、自分の姿を映す。人生でいちばん幸せな日なのに、なんて悲しい目をしているの。

左手に輝く巨大なダイヤモンドは重く冷たく、滑稽なほど実用性に欠けていた。でもアンヘルが選んでくれたのだから、美しく特別なものだ。それだけでも意味はある。

寝室にアンヘルはもういなかった。結婚式は午後七時から始まるので、〝それまでは会社にいる〟と彼は言っていた。けれど、気が変わって今日くらいは一緒にいてくれるのではと、なぜかベルは期待していた。安心して式に臨みたいのに、すがるものが何もない。わたしは人生最大の過ちを犯そうとしているのでは? その苦しみを一人で背負うことになりはしない?

それでも、わたしは決めたのだ。

今日、アンヘルと結婚する。

ただ一日は、拷問に近いほどゆっくりと過ぎていった。朝食で会った異父弟たちは、自由の女神像やエンパイアステートビルを見に出かけた。ベルは産科医の往診を受け、結婚式の最終打ち合わせをすませた。

夕方、ようやく本番となったとき、ベルはクローゼットの前でウエディングドレスをなでた。クリーム色のレースでできたドレスはハイウエストなので、臨月のおなかにも似合っている。チャイナタウンのアンティークショップで見つけて、一目ぼれした一着だ。

ベルは大きく息を吸い、薔薇《ばら》の香りのする保湿ローションを塗り、婚礼用の白いサテンのブラジャーとショーツ、白いストッキングとガーターベルトをつけた。そろそろレティが来て、髪のセットと化粧を手伝ってくれるはずだ。なぜか、ベルは幸せいっぱいの花嫁のふりをしなければいけない気分だった。結婚は間違いではないか、愛に応えてくれない男性に一生を捧げていいのかと思うと、本当は死ぬほど怖かった。

娘のために結婚するのよ。そう自分に言い聞かせても恐怖は消えなかった。愛し合っていない夫婦が普通で、人生には愛がなくていいと子供が思うようになったらどうするの？

息苦しさを覚えながら、ベルはウエディングドレスをハンガーから取った。ドアをノックする音がしたので、レティだと思って言う。

「ちょっと待って！」

なのにドアは勢いよく開いた。ベルは半裸をドレスで隠し、やめてと叫ぼうと振り返った。次の瞬間、息をのむ。

「アンヘル！　何をしているの？　式の前に花嫁に会うのは縁起が悪いと——」彼の顔を見て口をつぐむ。「どうしたの？」

「兄が……」

「オティリオが？　来てくれたの？」

アンヘルが苦しげに笑った。「死んだ」

「なんですって？」

彼の青ざめた顔には、奇妙な表情が浮かんでいる。「二日前のことだそうだ」

「お気の毒に」ベルはささやいた。ウエディングドレスが床に落ちるのもかまわず、アンヘルのもとへ行き、本能的に抱きしめて慰めようとした。下着姿でも、縁起が悪くてもかまわなかった。「何があったの?」

「オティリオは心臓発作を起こし、車を追突させたそうだ。幸い、ほかに負傷者はいなかった」

「お気の毒に」ベルは重ねて言い、涙ぐんだ。

「会ったことはなくても、複雑な関係でも、あなたの兄弟には変わりない――」

「明日の朝、マドリードで葬儀がある」

ベルははっと息をのんだ。「それはあいにく――」アンヘルと目が合い、瞬間的に悟る。

「行くのね……マドリードに」

アンヘルが短くうなずいた。「すぐに発《た》つつもりだ」

「でも結婚式が……」声が途中で消え入る。

「秘書にはすでに連絡させている。すまない、ベル。結婚式はいったん中止だ」

兄弟だと言っておきながら、ベルは口走った。「知らない人たちなのに」

「父がぼくを必要としている」

「お父さんが電話をしてきたの?」

彼の顎がこわばった。「いや、父のために来てくれと、兄の妻が頼んできた」

「それって……」数秒かかって事情をのみこむと、ベルはよろめいてあとずさりをした。

異母兄の妻――アンヘルがただ一人愛した女性は今や自由の身になった。独り身に。

アンヘルが何年もかけて愛を得ようとした相手って、どんな女性なの？　美人で上品で気がきいていて、セクシーで華やか？

そんな女性には逆立ちしたってかなわない。ベルは吐き気がしてきた。

「ベル？」

「あの……」必死に考える。「変な感じだったでしょうね……彼女と話すのは」

「ああ」アンヘルは低い声で応じた。「父はぼくに会いたがっているそうだ。父にはもう誰も身内がいない。妻はとうに亡くなってい て、オティリオとナディアには子供がいない。ぼくが残された最後のソヤ家の人間というわけだ」

ベルの口が思わずきいた。「つまり？」

「三十五年もたって、サンゴヴィア公爵はぼくを息子として認めるつもりでいる」

ベルはふと気づいた。見ず知らずの男性がスペインで心臓発作を起こしたために、自分と我が子の人生も一変したのだ。

「結婚式を延期せざるをえなくなったのは残念だ」

アンヘルの声は本心からには聞こえない……。けれど、ベルはそんな思いをたしなめた。彼の異母兄が亡くなったばかりで、父親が初めて会いたがっているのに、自分が傷つく心配をするなんて身勝手すぎる。

ベルは急いでアンヘルの肩に手をかけた。

「わたしも行くわ。マドリードに」

彼は首を横に振った。「大西洋を越えるんだ。予定日も近いし、旅行は無理だろう」

「なんとかなるわ。だって……」ベルはぎこちなくほほえんだ。「こんなときの自家用機でしょう？　けさ検診を受けたばかりだし、陣痛の兆しもない。二、三日なら平気よ」

顎をこわばらせて、アンヘルが彼女を見た。

「そうまでして出るつもりなのか？　会ったこともない男の葬儀に身重の体で？　結婚式を直前で中止されたんだぞ？」

「当然でしょう」ベルはこみ上げる感情を抑えて言った。「あなたの妻になるんだから」

「では、来るといい」

あまりうれしそうには見えない。「いやならいいのよ……」

「そうじゃない。きみに不快な思いをさせたくないだけだ」

「わたしなら大丈夫。あなた一人で耐えさせるわけにはいかないもの」

「なんて思いやり深いんだ」アンヘルのベルを見る瞳は謎めいていた。「きみらしいとも言えるな。愛情深いところはさすがだ」

喜んでいい言葉なのに、ベルはなぜか褒められているよりも責められている気がした。

婚礼用の白いシルクの下着も、アンヘルは

ろくに見ていないようだった。「着替えと荷造りを急いでくれ。十分後に発つ」

ベルは遠ざかっていく婚約者の背中を見つめながら、とてつもない恐怖を覚えていた。

けさ目覚めたときは、アンヘルとの結婚が怖くてたまらなかった。この先の人生を、報われない愛とともに生きるのが恐ろしかった。けれど、今のベルはそれ以上につらいことがあるのに気づいた。アンヘルがかつて心を奪われた美しい貴婦人と再び恋に落ちるのを、わたしはそばで見ていなくてはならないかもしれないのだ。

8

マドリード、王が住む夢の都。

ヨーロッパで三番目に大きな都市は、壮大な計画のもとで建設された。古典的な魅力があるマヨール広場、世界的な名画を数多く展示するプラド美術館、広々として優雅な大通り。グランヴィア通りには、有名デザイナーの店が軒を連ねている。

アンヘルは一旗揚げようと十八歳のときにこの町を飛びだし、二度と戻らなかった。それが今は実力で成功した大富豪、大物の権力者となって帰ってきた。もうあのころの、生きるのに必死だった一文無しの若者ではない。

十四のときは会いたいと父親に請うた。だが実際に頼んできたのはナディアでも、今回対面を請うているのはサンゴヴィア公爵のほうなのだ。

電話でナディアの声を聞いたとき、アンヘルは亡霊がよみがえったような妙な気分になった。彼女には何も、嫌悪さえ感じなかった。

逆に感謝するべきなのかもしれない。現在の自分があるのは、ナディアに発奮させられたからだ。おかげで金と力を手に入れられた。

そして、非情にもなった。


サンゴヴィア公爵家の運転手がハンドルを握るリムジンに、アンヘルはベルと二人のボディガードとともに専用の空港で乗りこんだ。

車窓に広がる朝の町は混雑している。マドリードはかつてほこりっぽい中世の村だったが、フェリペ五世がスペインの黄金期に王宮をここに移した。その当時からソヤ家は王に仕え、権力争いに勝って地位を築いた。

ソヤ家は時代とともに勢力を増し、次々に高い称号を得ては子孫へと受け継いだ。アンヘルの腹違いの兄、オティリオは侯爵として生まれ、次期公爵になるべく育てられていた。

アンヘルには最初からいないも同然の異母兄だが、父親に次ぐ身内ではあった。

今日のオティリオの葬儀で、ぼくはようやく父親と顔を合わせる。公爵についてはニュースや幼いころに母から聞いた、わずかな話でしか知らない。そのそばにはかつて愛を誓い、自分に似ていると思っていたナディアもいるだろう。孤児院時代から抱いていた二十年来の夢を、二人はどちらもかなえたわけだ。ぼくは大富豪になり、彼女は世界的に有名な女優になったのだから。

だが、ナディアはまだ公爵夫人ではない。その夢は、夫が逝った瞬間に断たれた。

アンヘルは淡い朝の光が降り注ぐマドリードに目をやった。九月の町は肌寒く、小雨が降り、葬儀にはふさわしい日和だった。

年代物のロールスロイスの後部座席の隣に座るベルに、アンヘルは目をやった。喪服に丈の長い黒の上着は品がいいが、妊娠して丸みを帯びた体にはなぜかなじまず、着心地が悪そうだ。彼女は黙ったまま、アンヘルとは目を合わさないようにしていた。

夜中に大西洋を越えるあいだもベルはほとんど口をきかず、ぼくをそっとしておいてくれた。結婚式の中止についても一言も責めない。これほど理解のある女性がいるだろうか。もっともベルはいつも優しく、愛情深い。

アンヘルの胸に熱いものがこみ上げてきた。感情を押し殺して、ぼくは今まで生きてきた。だが、いつまで抑えていられるか。

二十年前は、母の葬儀にも出なかった。いや、葬儀自体がなかったのだ。離婚を繰り返す母は、ひがみ根性から友達も遠ざけていた。いたのは息子だけだが、まだ母親に頼るしかなかったその彼にも嫌われることばかりしていた。

アンヘルは幼いころ、ほかの子が母親から抱きしめられたりキスをされたりするのを見ては思ったものだった。なぜぼくのママはあんなふうにかわいがってくれないのか、と。

〝おまえが悪い子だからよ〟それが母の返答だった。〝おもちゃを片づけなかったり、新しいお父さんを怒らせたりするから、みんな離れていくのよ〟

幼いころはその言葉に傷ついたが、十四歳になるころには、母が愛してくれない本当の理由に気づいた。自分の理想の恋がどこかでおかしくなったのを、母は息子のせいにしていた。つまり、そもそも公爵から捨てられたのは子供ができたからだと思っていたのだ。

孤児院暮らしは自分の立場がわかっているだけましだった。一人でいればよかった。

ニューヨークは最初から気に入った。非情で冷たい街は自身にぴったりだったからだ。

「まあ」ベルが隣で息をのんだ。「あれはオティリオのお葬式に集まった人たち？」

見ると、聖堂の外の歩道には大勢の人が群がり、警察に制止されていた。運転手が路肩にリムジンを停《と》め、ドアを開ける。

後部座席から出たアンヘルは向き直り、ベルに手を貸した。ベルは人だかりを心配そうに見てから、つらそうな目で彼を見た。

彼女の手を引き、アンヘルはゴシック様式の石造りの聖堂に向かった。灰色の空から降る小糠雨《こぬかあめ》が九月の色鮮やかな木の葉を濡《ぬ》らすなか、運転手は二人の頭上に傘を差しかけた。

「マドリードじゅうの人が集まっているみたい」ベルがささやいた。「オティリオは有名人だったの？」

「この騒ぎは、オティリオが招いたものじゃない」アンヘルは低い声で答えた。

ベルは眉根を寄せた。「どういう意味？」

「きみは知らないが、彼の妻は——」

言いおわらないうちに聖堂の巨大な扉が開き、二人はなかに入った。席を埋め尽くすのは、オティリオを悼みに来た人々だ。亡くなったフラヴィラ侯爵は、絶大な力を持つサンゴヴィア公爵の唯一の正当な跡取り息子にして、世界一の美女と謳われる女性の夫でもあった。

「あまりに急でしたわね」誰かが悲しげに言うのが聞こえた。「心臓発作で亡くなるなんて。しかも三十六歳の若さで。悲劇だわ」

「奥様がお気の毒……」

「ああ、あの方なら何年も別居なさっていたそうよ。次の映画のいい宣伝になる、くらいにしか思っていないんじゃないかしら」

アンヘルは顎に力を込め、重い足どりで身廊を進んだ。魔法のようにみなが道を空ける。周囲でささやくどの顔も、驚きに目を見開いていた。

「公爵の落とし子……」

「アメリカで裸一貫から財を成した……」

見渡す限りの人々から賛美や好奇の目を浴びるあいだ、アンヘルは思った。駆けつけた世界各地の貴族や王族、政治家たちから、ぼくはかつて夢見たとおりに仰ぎ見られている。異母兄の死でかなうとは、皮肉なものだ。

アンヘルはなおも顎に力を込め、身廊を進んだ。ベルがすぐ後ろからついてくる。ふと、彼の足が止まった。

無数の花で囲まれた祭壇に、家紋の刺繍《ししゅう》が入った厚い布をかけた棺《ひつぎ》が見えた。会ったこともない異母兄――選ばれし正当な跡取り息子の遺体を納めた棺のまわりには、花と背の高い銀の燭台《しょくだい》があり、重々しいローブをまとった司祭たちがいた。

アンヘルは視線を前列の二人に向けた。車椅子の老人――あれが父親か。写真で見るより老けている。気難しい顔はひどく青白く、透き通っているようだ。

老人の肩を優しくたたいている女性は、しゃれた黒のミニドレスにベールつきの黒い帽子をかぶっていた。ナディアだ。

三十六歳の彼女は背が高く、ほっそりとしてはかなげだった。黒いマスカラをつけ、赤い口紅を引いた姿は洗練されすぎていて、アンヘルは金属のいやな味を、試したが最後、命取りになる毒を連想した。

ナディアがすみれ色の瞳でこちらを見た。車椅子の老人に何かささやくと、サンゴヴィア公爵の目が不意に上を向き、アンヘルを――三十五歳の婚外子を初めて目にした。

背後でベルがそっと悪態をつき、アンヘルは振り返った。彼女の口から罵り言葉を聞いたのは初めてだった。しかも、その瞳は恐怖に見開かれている。

「あれがあなたの元恋人?」喉をつまらせてベルがきく。「ナディア・クルスが?」

「だからなんだ?」アンヘルはそっけなくき き返した。

「だって有名人よ! わたしも映画で見たことがある。世界一の映画スターだわ!」

「知っている」アンヘルはもどかしげに言い、大股に歩いた。ベルがあとに続く。

「アンヘル! やっと来てくれたのね」ナディアがスペイン語で挨拶し、両手を差しだした。「早く、早く。もうすぐ始まるわ。あなたの席を取っておいたの……」彼女はいらだたしげに、背後で彼の手を握るベルを見た。

「誰なの?」

「ぼくの婚約者だ」アンヘルもスペイン語で

答えた。「ベル・ラングトリーという」

ベルの手がこわばった。スペイン語はわからなくても、自分の名は聞き取れたのだ。

ナディアが唇だけでほほえみ、明瞭な英語に切り替えた。「前列には一席しか取っていないの。家族専用だから彼女は下がらせて」

「いや、ベルはぼくと一緒にいる」アンヘルは当たり前のように言ったが、父が車椅子で前に出てくると、そちらに気を取られた。

サンゴヴィア公爵の老け方は予想以上だった。跡取りの死後数日で、体がしなびたかのようだ。それでも尊大な口調でアンヘルに言った。「おまえはナディアとわたしのあいだに座りなさい」ベルのほうは見ない。「連れは別の席を見つけるしかない」

遺族であっても、この老人に大きな顔はさせない。「いや、ベルはぼくと一緒だ」

だが、ベルが手を離した。「いいのよ。わたしは後ろの席で」彼女はすばやく言い、人だかりのなかに消えた。

聖歌隊の歌が始まり、みなが席についた。アンヘルはかつて自分が必死に気を引こうとした父親と、かつて無謀にも愛した女性に挟まれて座った。

首をひねると、喪服にコートをまとったベルの姿が三列後ろに見えた。愛らしい顔は色を失い、茶色い瞳はよく知りもしない男の死に胸を痛めているのか、悲しげに潤んでいる。

だが目が合うと、彼女からは励ますような笑みが返ってきた。いつもながら思いやりがあって、愛情深い。そんなベルだから、信じて愛したくなるのだ。しかし、そうすれば身の破滅が待っている。心のなかで吹き荒れる嵐から逃れようと、アンヘルは顔を前へ戻した。

葬儀のあいだ、彼は呆然としていた。司祭たちが次々に異母兄を称《たた》える言葉もほとんど耳に入らず、家紋の刺繍が施された布と花で覆われた棺を見つめながら、自分の胸の鼓動だけを聞いていた。

こうして公爵の隣という栄えある場所に、公然と座る日が来るとは思ってもいなかった。

老人は儀式の最中も一度か二度、アンヘルを見た。しなびた顔は少々当惑しているようだが、目には涙がたまっていた。

葬儀のあとは、聖堂から一キロ半ほどのところにある、ソヤ家の大邸宅での集いへ向かうことになった。車椅子に合わせて改良されたリムジンまで案内されるとき、アンヘルは眉根を寄せて周囲を見まわした。「ベルは?」

「乗るのは家族だけよ」

ナディアがきっぱりと言ったが、アンヘルは聞いていなかった。大股に聖堂まで戻り、ベルを見つける。「一緒に来るんだ」

今度は放さないというようにきつくベルの手を握り、ナディアと父親がすでに乗っているリムジンの後部座席へ連れていった。

アンヘルの隣、ナディアと公爵の向かい側にベルはぎこちなく座っていた。ナディアと公爵が彼女の大きなおなかを見て目をそらすさまは、恥だと言わんばかりだった。

聖堂からプリンセサ通りへ出ても、車のなかは痛いほどの沈黙に満ちていた。高層ビルが立ち並ぶ町の中心部に、公爵がマドリード滞在時に使用するパラシオ・デ・ラ・パルマはあり、錬鉄製の高い塀と番人つきの門の奥には何エーカーもの緑が広がっていた。

十四歳のアンヘルを残酷に阻んだ門が開き、新古典主義の建物の由来でもあるヤシの庭園を通ってリムジンが停まった。初めて見る十九世紀の大邸宅に、アンヘルは目をみはった。

車から出ようとした彼の肩に、公爵が震える指をかけた。

「我が息子《ミ・イホ》よ、よく来てくれた」かすれたスペイン語で言い、まぶたが重そうな目でじっと見る。「わたしにはもうおまえしかいない。ソヤの家を救えるのはおまえだけだ」

なんて長い一日かしら。思い返しただけでベルは疲れを覚えた。今日はいろいろなことがあった。結婚式が中止になり、自家用機で大西洋を越えた。手厚い葬儀にマドリードの大邸宅。そうそう、アンヘルの元恋人がナディア・クルスだったこともわかった。

そして、今度はこれだ。

五百年の歴史を持つ城を見上げ、ベルは圧倒されると同時にさらなる疲れを覚えた。マドリードでの集いが終わると、一行は一時間半車に揺られてサンゴヴィア村へ移動した。そこの岩山の上にそびえる城こそ、ソヤ家の歴史と権力の中枢だった。

暗いなか、ベルが雨に濡れた敷石につまずきかけたとき、アンヘルが彼女の腕を取って支えた。「大丈夫か?」

ベルはほほえもうとした。「ええ」本当は少しも大丈夫じゃない。アンヘルがきのう、結婚式を取りやめてからずっとそうだ。

大西洋を越える自家用機ではよく眠れず、葬儀では恐れていた以上の事実を知った。

アンヘルの元恋人である侯爵夫人は、有名なスターだった。きれいで高貴な彼女は……わたしにないものをすべて備えている。彼の老いた父親であるサンゴヴィア公爵には、リムジンで目の前に座っていても存在さえ認めてはもらえなかった。

パラシオ・デ・ラ・パルマでの集いのあいだ、アンヘルは公爵とナディアのそばに立ち、弔問するお歴々――各国の首相や大統領や王族に粛々と感謝の意を述べていた。その様子を見ながら、ベルは料理のテーブルの横にぽつんと立っていた。集いは何時間も続き、そのうちおなかが張って足が痛くなった。金箔《きんぱく》の大邸宅に場違いな思いもしていた。

アンヘルのマンハッタンの邸宅にも恐れをなしたベルにとって、ギリシア風の円柱を備えたパラシオ・デ・ラ・パルマは本物の宮殿に見えた。壁という壁には絵画が飾られ、天井にはフレスコ画が描かれ、大階段を上った金箔の部屋にはソヤ家の立派な祖先たちの肖像画があった。

集いがようやくすんだとき、ベルは一縷の望みを抱いた。アンヘルは公爵やナディアと握手をするか、遠くから手を振るかして、わたしとニューヨークに戻らないかしら？

ところが、アンヘルはサンゴヴィア城に父とナディアと一緒に泊まると言いだした。


〝オティリオの遺言が片づくまでだ〟

〝どうしてもいないといけないの？〟

〝きみはニューヨークに帰ればいい〟

ベルはぱっと顔を上げた。〝いやよ！〟

〝予定日まで三週間だぞ〟アンヘルは冷ややかに指摘した。〝家にいたほうがいい〟

アンヘルはわたしを厄介払いしたがっているみたいだ。前なら願ってもなかったけれども、今は考えるだけでも耐えられず、ベルは彼をにらんだ。〝わたしも一緒に残るわ〟

〝ベル――〟

〝スペインに来たばかりなのよ〟声が震えても、ベルは挑むように続けた。〝ニューヨークにとんぼ返りする元気なんてないわ〟

アンヘルはベルを見つめた。〝わかった。あと一日か二日、いればいい〟

それきり彼とは話もせず、ベルは公爵や映画スターやボディガードたちと一時間半車に乗って、中世からある村にやってきた。

遠くから見る城は美しいが、巨大な扉を抜けた先は人が住む場所とは思えなかった。マドリードのきらびやかな大邸宅のほうがまだ温かみがあった。城の窓は小さいうえに数が少なく、壁も冷たい石造りで、いかにも野蛮で血なまぐさい時代の建築物らしかった。

公爵にスペイン語で話しかけられ、アンヘルがうなずいた。彼の父親は車椅子で冷え冷えする廊下を進み、甲冑《かっちゅう》の横を通ってこちらからは見えない部屋に消えた。

今度はナディアが同じ言語で軽く何か言い、これまたどこかへ行った。暗い石の廊下にアンヘルと二人きりになったベルは、彼の腕に身を投げだしたくなった。前のように身近に感じたいのに、なぜアンヘルはこんなによそよそしいの？　そこへ咳払《せきばら》いとともにお仕着せのメイドが現れ、英語で言った。

「お部屋へご案内します」

「そうだな」アンヘルがなめらかに言った。「頼む」

メイドが先に立って階段を上がった。どこも冷たくて隙間風が吹き、じめじめしている。途中にあった硬そうな椅子は何百年も前のもののようだが、実際に座ったら壊れそうだ。こんなところに住みたがる人の気が知れない。

メイドは二階の東の翼棟に二人を案内した。

「ご家族の寝室は全部、こちらにございます」ためらいがちに言ってドアを開ける。

寝室は格式張っていて古めかしく、骨董品《こっとうひん》であふれていて、四柱式のカーテンがついたベッドも年代物だった。窓からは夕暮れの谷間の景色が見えた。

「どう思う?」アンヘルが無表情できく。

「とてもすてきね」ベルは礼儀正しく答えた。

「恐れ入ります」メイドが言い、ベルのほうを向いた。「次はあなた様のお部屋にご案内します、セニョリータ」

アンヘルが顔をしかめた。「なんだって?ぼくの婚約者もここでいいだろう」

「申し訳ありません、セニョール」メイドが気まずそうに答えた。「未婚の男女が寝室をともにするのは閣下がお認めになりません」

「なるほど」彼の声が低くなった。「だからクローゼットにメイドを連れこむのか」

メイドが怯《おび》えた顔をした。

「今のはなしだ」アンヘルは歯を食いしばった。「閣下に言ってくれ――」

「いいえ、アンヘル。かまわないわ、本当に」ベルは彼の腕に手をかけた。「ここは公爵のお宅で、彼は息子さんが亡くなったばかりなんだもの。一晩か二晩なら、別々でもいいじゃない？」力なくほほえむ。「わたしは疲れているから、横になれればいいわ」

アンヘルが反論しかけてやめ、しかめっ面をメイドに向けた。「わかった。その部屋に彼女を案内してくれ」

メイドはほっとするどころか、さっき以上に落ち着きを失った。「閣下が客間にすぐ下りていらっしゃるようにとのことです、セニョール。ミス・ラングトリーは上の階までわたしがお連れします」

「上の階？　どれくらい遠いんだ？」

「その――」

「いいのよ」ベルは口を挟んだ。「あなたのお父さんがお呼びなら、行ってあげて」

「本当にいいのか？」アンヘルは念を押した。

「ええ」

「あとで見に行く」彼の表情がよそよそしくなった。「おやすみのキスもそのときにするよ」

二人きりになって話をすれば、このよそよそしさの正体もわかるかしら？　そう期待しながらベルは言った。「ええ、お願い」

アンヘルはベルの額に優しくキスした。だが、その唇は冷たかった。「またあとで」

「こちらでございます、セニョリータ」

ベルはメイドのあとから廊下を進んだ。大階段を上り、それから狭い曲がり階段を上るとまた階段があった。ベルは足が痛くなって一度か二度、石壁にもたれて息を整えたけれど、メイドはまったく平気らしい。

「ここでは何人が働いているの?」黙ってメイドを待たせるのも悪いので、ベルは尋ねた。

「三十人です、セニョリータ」

「三十人? それで何人のお世話を?」

「お二人です」

塔に着くとまた狭い曲がり階段を上った。その階段は危なっかしく、木の板でできていた。頭を低くしていちばん奥のドアを開け、メイドが決まり悪そうな声で言う。「こちらがあなた様のお部屋です、セニョリータ」

屋根裏部屋に追いやられたことに、ベルは気づいた。まるで頭のおかしくなった親戚か何かのような扱われ方だ。

「こちらが浴室です」メイドがためらいがちに言った。ドアの先にはトイレと洗面台とシャワーしかなく、ベルの大きなおなかでは入れないほど狭かった。天井から下がっているのは裸電球だ。

ソヤ家がベルをどう思い、どうもてなすつもりか、部屋は何よりもよく物語っていた。

「申し訳ございません、セニョリータ」

ベルは無理にほほえんだ。「いいのよ」

「なんてお優しい」メイドがそっと言った。「こんなお部屋をあてがわれたら、侯爵夫人ならさぞかし大声でわめかれたでしょうに」

メイドが出ていったあと、別の使用人が息

を切らしてベルの旅行鞄《かばん》を運んできた。

「ごめんなさい」自分で選んだ部屋でもないのに、罪悪感を覚えてベルは謝った。

パジャマに着替え、彼女は歯を磨いて小さなシングルベッドによじのぼった。するとマットレスが沈み、ベッドの金属枠がきしんだ。カーテンのない小さな円い窓の外では、谷間の村が冷たい月明かりに照らされていた。ベルは身を震わせ、薄い毛布をおなかにかけた。硬い枕にもたれ、おなかを抱えながらあくびをする。アンヘルが約束のキスをしてくれるまで起きていよう。

けれど、待てど暮らせど彼は来なかった。

9

アンヘルは城の冷たい客間で、さらに冷たいスコッチウイスキーのグラスを手に父親を見た。その目がいちばん冷たかった。「なんとおっしゃいました？」声は自分の耳にもこわばって聞こえた。

老人は鋭い口調で答えた。「おまえはスペインにいなさい。我が跡取りとして」

アンヘルは広すぎる客間のなかで一歩動いた。ここにあふれるルネッサンス時代の絵画や革の装丁本は、メイドがほこりを払うときは別として、長年触れられたこともないだろう。今、部屋には二人きりだった。

アンヘルが階段を下りて会いに行くと、父はリカーキャビネットまで車椅子で行き、飲み物をついで渡した。それから、前置きもなく自分の要求を伝えた。

十四歳のときに同じ言葉を聞けたなら、その場で死んでもよかった。だが今は……。

アンヘルはウィスキーをあおり、冷ややかに言った。「ずっとあなたに無視されてきて、跡取りになりたがると思いますか?」

「おまえの生来の権利だぞ」

「この三十五年間はそうじゃなかった」

「オティリオの死で事情は変わった」公爵は疲れた声で言い、薄い髪を手ですいた。「ソヤ家にはおまえしかいない。おまえが継がないなら、次のサンゴヴィア公爵は存在しなくなる」

アンヘルの顎に力がこもった。「ぼくには関係ありません。母を捨てたとき、あなたは生まれる前のぼくも捨てたんだ。公爵の地位に興味もない。ぼくには自分の会社という帝国がある。ぼくの人生はスペインにはない」

「そうとは限るまい」

「ぼくは敬意を表するために、オティリオの葬儀に来ただけです。ぼくを息子として認めなかった男にも会ってみたかった」

公爵は老獪《ろうかい》に言った。「それに、ナディアにも会いたかったのだな」

アンヘルははっとした。

「あの子はいい娘だ。美しくて優雅で地位も名声もある。文句なしの嫁だ」公爵は間をおいて続けた。「ソヤ家の跡取りは授からなかったが、まだ間に合う」

アンヘルは目を細くした。「どういう意味です？」

「おまえとナディアは旧知の仲だろう。これも運命だな。ナディアはまだソヤ家の跡取りを産める。おまえの子を」

アンヘルは耳を疑い、老人をじっと見た。

「気は確かですか？　ぼくの婚約者に会ったでしょう。今もベルは階上《うえ》にいる。数週間後にはぼくたちの子も生まれるんだ」

「あの女のことは諦めろ」サンゴヴィア公爵は辛辣に言った。「あんな田舎育ちは一生、我々の世界では受け入れられない。マドリードでも、国際的な貴族社会でもだ。そういう立場を押しつけるほうが酷だぞ。不幸な身の上を気にして、いつも肩身が狭いだろう」

「ベルを思いやっている気ですか？」アンヘルも辛辣に返した。「お忘れのようだが、非嫡出子のぼくは金も学歴もなく――」

「おまえは別だ。ソヤ家の血を引くわたしの息子だからな。裸一貫からビジネス王国を築いたことは尊敬に値する」

その言葉を聞いて思わず誇らしさがこみ上げたが、アンヘルはすぐに気を引きしめた。

「ぼくにベルを捨てろと？　あなたがぼくの母にしたように？」

「ああ、同じ理由からな」公爵は平然と答えた。「わたしにメイドと夜逃げなどできなかった。もしそうしていたら妻の莫大《ばくだい》な財産を失い、家名と自分の名誉を傷つけただろう」

「十八歳のメイドをはらませ、我が子を捨てたのは名誉ある行為だと？」

「難しい選択を強いられるときもある。あのベルとやらは何者でもない。ただの遊びならかまわん。子供ができても、まあ、しかたあるまい。だが、結婚はだめだ。わたしの跡を継ぎたいなら、のちのサンゴヴィア公爵にふさわしい相手を妻にしろ」

「ぼくは自分の選んだ相手と結婚する。あなたも公爵の地位もナディアも知るものか」

「あのアメリカ女との結婚は許さん」老人の潤んだ目が険しくなった。「ここで、我々の世界であの女が幸せになれるのか？　酷な仕打ちだぞ。子供にとってもな。別れてやれ」

アンヘルは言い返そうと口を開いたものの、またすぐに閉じた。マドリードに着いてからのベルの悲しげな、思いつめたようなまなざしを思い出したからだ。

「失礼します、閣下」男性看護師がドア口に現れた。「お薬の時間です」

公爵がにこりともせずにうなずいた。車椅子で部屋を出る前にアンヘルの横を通り、震える手で彼の腕をつかむ。

「我が息子《ミ・イホ》よ、あの女とは別れろ。そして、生まれながらの権利を受け入れてわたしの後継者となり、やがては公爵として何百年来の遺産を継ぐのだ。そこにおまえの巨大なビジネス王国とナディアとの結婚が合わされば、世界一の権力者になれるぞ」薄暗い客間で小さな目が鋭く光る。「考えてみることだ」

客間に一人残されたアンヘルは、ウィスキーのグラスをわびしく傾けながら思った。

父親の申し出を受ければ、少年のころの夢や青年時代の野心がすべてかなう。ソヤ家の一員として胸も張れる。

だが、心が傾いた理由はほかにもあった。アンヘルは髪に手をくぐらせた。

この数カ月、ベルと親密になるのは楽しかった。それが今は怖くてたまらない。彼女とベッドをともにすると、想像もしなかった喜びと同時に尊敬や友情を超えた気持ちが湧くからだ。どんなに否定しても、ベルが大切でしかたなかった。あの美しさや優しさや機知、茶色い瞳の深い輝きをずっと見ていたかった。

いつしかぼくは、彼女を必要としていた。

今日もそうだ。遠く離れたところで産気づかないようニューヨークに帰すつもりだったのに、ベルが切なそうな目で〝一緒に残る〟

と言っただけで、ぼくはあっさり折れた。ベルの沈んだ顔を一瞬でも見たくないという、ただそれだけの理由で。

どうも気に入らない。

誰かを必要になどしたくない。誰かが幸せでないと気が休まらず、そこまで大切に思うのは心が弱くてもろいからだ。その誰かが裏切れば、自分がつぶれる。子供のころにナディアから学んだことだ。

〝おまえとナディアは旧知の仲だろう。これも運命だな。ナディアはまだソヤ家の跡取りを産める。おまえの子を〟

なんとおぞましい考えだろう。ナディアは美しい天使の顔を持つが、心は欲深い蛇だ。彼女に触れると思っただけで反吐《へど》が出る。

今のぼくはナディアにのめりこんだりしない。その危険があるのはベルのほうだ。

正直にいえば、異母兄の訃報を聞いて、ぼくは結婚式を延ばす口実ができたとほっとした。脅すようにして迫った結婚だったのに。

なぜだ？　恐れるものなどなかったぼくが、ベルと誓いを立てることにびくびくしているとは。そんな思いを味わわせる女性は、ベルを置いてほかにいない。

アンヘルは疲労感に襲われながら客間をあとにし、大階段を上って二階に行った。自分の部屋の前まで来て、ふと思い出す。ベルにおやすみのキスをする約束だった。

ベルの美しい顔が頭に浮かぶ。思いつめたような大きな瞳、ルビー色のふっくらした唇の柔らかさとかわいらしさも脳裏をよぎった。

出会ったころはベルに嫌われていた。ずっと人をはねつけて生きてきたから、当然の扱いだった。だが一月の夜にベルを誘惑したときから、夢見がちなロマンティストで人のいいこの女性は、ぼくの心の平和を脅かすとわかっていた。だから彼女もはねつけたのだ。

ところが妊娠したと聞くと無理やり婚約に持ちこみ、ますますベルに嫌われた。

だが、今はもう嫌われてはいない。ニューヨークで一緒に住むあいだにベルは変わり、女主人としてぼくの邸宅を改装したうえに、スペインまでついてきた。本当ならぼくに平手打ちをするところなのに、結婚式を中止して、海の向こうの見ず知らずに等しい男の葬儀にも出てくれた。

ベルが欲しい。欲しくてたまらない。階上のどこかのベッドで休むベルのもとへ行き、彼女を抱きしめたい。その前に、メイドにベルの寝室への行き方をきかなくては。妊婦にふさわしく、彼女は広くて快適な部屋にいるのだろう。だが、今行くのは……。

自分の寝室の前で、アンヘルは階段の上の暗い廊下に目をやった。ベルに触れるたびに味わえる興奮と安らぎを求めて、体は焦がれていた。あの甘く熱くみずみずしい裸身を感じたくてうずうずしていた。

だが、そうすれば心の代償は高くつく。

アンヘルは歯をくいしばり、自分の寝室に向き直った。なかに入り、後ろ手にしっかりとドアを閉める。今夜は一人で眠ろう。


城のみすぼらしい屋根裏部屋で、ベルは目を覚ました。昨夜、アンヘルはキスをしに来なかった。胸の痛みを無視して伸びをすると、いびつなマットレスのせいで全身が痛んだ。がたの来た窮屈な浴室でなんとかシャワーを浴び、身繕いをして新しい服を身につけたが、突き出たおなかはベッドに負けないくらい不格好だった。


ベルは階段を下り、アンヘルの寝室へ行ったけれど、なかは空っぽだった。翼棟のどの部屋も同じだ。わけがわからず一階に向かうと、英語を話すメイドが朝食室の場所を教えてくれた。「お急ぎください。遅刻ですから」心配そうにメイドは言った。

遅刻？　どうして？　朝食が決まった時間に始まるとは、誰も教えてくれなかった。

格調高い朝食室には長く優美なテーブルと料理が並ぶサイドテーブルが用意され、むせかえるほどの花が飾られていた。ベルが着いたとき、空の皿の前にアンヘルは新聞を置いたところで、冷ややかな黒い瞳で立ち上がって婚約者を迎えた。

「ゆうべは会えなかったわね」ベルは言った。

「すまない。忙しかったんだ」ろくに顔も見ないで、アンヘルはベルの頬に他人行儀なキスをした。

「朝寝は楽しめたかしら、ミス・ラングトリー?」ナディアが猫なで声で言い、テーブルを立った。仕立ての見事な黒いスーツの襟には宝石のブローチが輝き、金髪を後ろでまとめた姿は相変わらず女らしくて品がいい。

「朝寝?」ベルはしどろもどろにきき返した。

「一時間前に来ていただきたかったわ」

公爵がスペイン語で何やら不機嫌そうにつぶやいたが、ベルのほうは見もせず、使用人に車椅子を押させて部屋を出ていった。

ベルは唇をかみ、アンヘルとナディアを交互に見た。「時間が決まっているの?」

「朝食は八時きっかりに始まるのよ」ナディアが甘い声で言った。「けさ、使用人が伝えたと思うけど」

「わたしは何も——」

「気にしないで」ナディアは寛容なしぐさで腕を振った。「お客様だから、家の決まりを無視なさっても結構よ。どんなによけいな手間がかかってもね。食事が冷めてしまったから、あなたの分は新しく用意させたわ」

「そんなつもりじゃ——」アンヘルから額にキスをされ、ベルは言葉を切った。彼はダークスーツを着ていた。「出かけるの?」

「弁護士事務所へね」アンヘルが答えた。

「それとマドリードの美術館にも。絵画の寄贈と、オティリオの名を冠した翼棟の増設について話してくる」

「オティリオは絵画の愛好家だったの」ナディアが満足げに言った。アンヘルを見てほほえむ。「行きましょうか?」

冗談じゃない。ベルはまた二人を交互に見た。「わたしも一緒に行くわ」

「その必要はない」アンヘルが止めた。

「でも行きたいの」

「きみには退屈なだけだ」

「お願い」手を伸ばしてベルは訴えた。

するとみるからにしぶしぶといった様子で、アンヘルがベルの手を取った。「きみがそうしたければ」

ベルはほっとして息をついた。

「あなたはいいのに、ミス・ラングトリー」

ナディアは明らかに迷惑がっていた。

ベルはうれしくなった。屋根裏に追いやられ、みんなの前で恥をかかされようと、闘わずしてアンヘルを諦めるつもりはなかった。

ナディアも同じらしい。公爵とアンヘルが別室で弁護士と話すあいだ、彼女と二人で待合室にいたときに、ベルはそう察した。

向かい合わせに座っているのが気づまりで、ベルは雑誌を読むふりをした。だがスペイン語の雑誌は、上下の区別もつかなかった。

「おもしろいわね」ナディアが急に言った。ベルはおずおずと雑誌を逆さまにした。けれどナディアが見ているのは、ベルの指のダイヤモンドだった。「この指輪のこと？」ベルはほほえんだ。「すごく気に入っているの。彼のプロポーズもとてもロマンティックだったわ」あまりにも事実とかけ離れていると自分でも思ったせいか、悔しいことに映画スターからしたり顔は消えなかった。

「そう？」ナディアは笑みを返した。「最近はリサイクルがはやりだけど、これは少しやりすぎじゃないかしら」

「どういう意味？」ベルは身をこわばらせた。

「あら、知らなかったの？」金髪女性の顔に笑みが広がった。「それって、アンヘルがわたしにプロポーズをしたときの指輪よ」

ベルの心は地の底まで沈んだ。「いいえ」口ごもりながら言う。「違うわ。指輪は彼がわたしのために選んだのよ」

「黙っているなんて、アンヘルもずるい人ね」ナディアの笑みが意地悪くなった。「五年前、彼はその指輪をくれようとしたの。残念ながら、わたしには先約があったんだけれど、そのダイヤには見覚えがあるわ」

心を踏みにじられたとはおくびにも出さず、ベルは指輪を手で包みこんだ。ナディアの言葉の棘《とげ》がぐさりと刺さっていても、我慢するのよ。ベルは肩をすくめた。「たとえ同じ指輪でも、立場は全然違うわ。わたしはアンヘルを裏切ったりしなかったもの」

「ええ、ただ妊娠したのよね」ベルは目を細くした。「あなたは何年も気を持たせて、オティリオと結婚した」

ナディアが赤い唇にあざけるような笑みを浮かべた。「もうわたしは自由の身よ」

募る不安を抑えようと、ベルは身を硬くした。「わたしから彼を奪うつもりなのね」

ナディアが考え深げに首をかしげた。「あなたもそんなにばかじゃないみたいね」

ベルの頬が赤く染まった。「あなたはアンヘルの妻にはふさわしくないわ」

「あなたよりはましよ」

「わたしはアンヘルを愛している」

「それはわかるわ」映画スターの有名なすみれ色の瞳が、切りつけるような鋭い光を放った。「でも、彼はあなたを愛している？」

ベルの頬がいっそう赤くなった。まさに問題はそこだ。アンヘルはわたしを愛していない。今もこれからも変わらないその現実を、わたしは必死に否定し避けてきた。愛はあげられないと面と向かって言われても、いつか彼は変わると信じていた。ベルはつぶやいた。

「プロポーズはされたわ……」

「わたしが先にされたのよ。その指輪で」ナディアが笑った。「不思議だと思わない？

彼がずっと持っていたなんて」

きつい視線にさらされ、ベルは心に渦巻く感情を懸命に抑えた。「わたしが妊娠したと知って、結婚を迫ったのは彼だわ」

「よほど自信があったのね、あなたのために指輪も買わなかったなんて」ナディアが椅子から身を乗りだし、愛想よくほほえんだ。

「その指輪もアンヘルの愛も、前はわたしのものだった。どちらもまたそうなるわ」

ベルは息もできなかった。心臓は暴れるように打っている。「そんなこと――」

「ないかしら？」ベルの腕をつかみ、ナディアが言った。「あなたと違って、わたしはアンヘルにふさわしいのよ。わたしたちは結ばれる運命にあるの」

ますます傷つく言葉だった。「あなたは彼を捨てたんでしょう」声をつまらせながら、ベルは腕を引き抜こうとした。

「欲しいものを手に入れるには、非情になるしかなかったのよ。アンヘルならわかってくれる。あっぱれだとさえ思ってくれるはずだわ」ナディアの赤い唇がほころぶ。「十代のころから彼はわたしを愛し、焦がれ、飢えていた。わたしたちは二人で一人なの。わたしが兄と結婚しても、いっそう欲しくなっただけじゃないかしら」侮蔑の目でベルを見まわす。「本当に彼があなたを選ぶと思う？ わたしが自由の身になっても？」

いいえ、思わない。そこがいちばん傷つく。

「あなたには二通りの道があるわ」ナディアが甘ったるく言った。「アンヘルを潔く諦めるか、わたしに彼を奪われるのを泣く泣く見ているか」

「そんな……」

「口で言うほど彼を愛しているなら、少しは褒められるような身の引き方をするのね」

ベルはちぎれるような痛みを覚えた。娘も怒っているのか、おなかを蹴り、彼女は両手をそこに置いた。「彼はこの子の父親よ」

「アンヘルと結婚したら、わたしが子を授ける。あなたの子なんて忘れ去られるだけよ」ナディアがほほえんだ。「彼は高潔な人だから、あなたたち親子の面倒は見るでしょう。二度と働かずにすんで運がいいと思うのね。スペインを出ていきなさい。そしてアンヘルが決してくれない愛を探しに行けばいいわ」

胸が苦しくて、ベルは唾をのんだ。

ドアが開き、男性たちが出てきた。ナディアがベルにささやく。「早く終わらせて。みんなの、誰よりもあなたのために」

ナディアは最後にベルの肩を親しげにたたいて立ち上がり、公爵と車椅子を押すアンヘルを輝かしい笑みで迎えた。

「もうお話はすみました？　そろそろ美術館に行かないと」ナディアがすみれ色の瞳を公爵とアンヘルに交互に向け、からかうように言った。「殿方って話がお好きね……」

ベルは重い体を椅子から起こした。誰も彼女には注意を払わない。三人ともスペイン語で話しながら、弁護士事務所を出ていった。

リムジンではアンヘルの隣に座ったが、日がさんさんと降り注ぐマドリードを車が走るあいだも、ベルは終始無言だった。彼に奇妙な目で見られても、ベルは視線を合わせようとはしなかった。

〝十代のときから彼はわたしを愛し、焦がれ、飢えていた。わたしたちは二人で一人なの〟

ベルは喉を締めつける痛みをのみくだし、町を見つめた。アンヘルとわたしは一年前に会っただけで、愛し合ってもいなければ共通点も何もない。曽祖父母の名前さえ知らないわたしにひきかえ、アンヘルは中世までさかのぼる貴族の血を引いている。

〝アンヘルと結婚したら、わたしが子を授ける。あなたの子なんて忘れ去られるだけよ〟

アンヘルは気高い人だから結婚前に約束したとおり、わたしのおなかの子には自分よりもいい子供時代を送らせてくれるに違いない。

マドリードの通りを走る豪華な車のなかで、ベルはおののいた。本当の問題はそれだ。アンヘルに約束を守らせて結婚し、お互いを愛のない結婚に一生縛りつけてもいいのかしら?

10

マドリードを走る車のなかで、アンヘルは公爵に目をやった。弁護士事務所では、父親から礼を言われた。オティリオがきちんとサインをしていなかった契約書があり、その法的な手続きを手伝ったからだ。

父親か。目の前の老人をそんなふうに思うこと自体、奇妙な気がする。血を分けた本当の親と、生まれて初めて一緒にいるのにだ。

だが公爵は愛情はむろん、優しさのかけらもない男だ。尊大で支配欲が強く、遺産を餌にしてぼくにベルとの結婚をやめろと命じた。

隣で静かに座るベルは、唇をかみながら外の通りを眺めている。彼女らしくもないことに、弁護士事務所を出てから妙におとなしい。普段は思ったことをはっきり言うのに。ぼくを否定したいときはなおさらだ。

いや……。アンヘルはふと気づいた。異母兄の訃報を聞いて以来、ベルはぼくを否定するどころか支えようとしていた。それは……愛しているからか？

リムジンがでこぼこ道ではずみ、靴が向かい側のハイヒールに当たった。アンヘルが顔を上げると、父の隣に座るナディアが黒いまつげを上げてほほえんだ。

ぼくを好きにできると思っているのは、父だけではないらしい。あきれた話だ。軽蔑しか感じていないのが、ナディアにはわからないのだろうか？

彼女も父もぼくを買おうとしている。褒美のように公爵の座を差しだし、名誉だの運命だのとのたまい、城に迎えれば感謝すると思っているのだ。孤独な非嫡出子が幼いころに抱いた夢をかなえてやれば、実力で成功した大富豪も言いなりになって、過去に捨てられた父親の息子に、裏切られた女性の夫にありがたく収まると信じている。

だが、このアンヘル・ヴェラスケスは誰の言いなりにもならない。彼は顎に力を入れ、ナディアからベルに目を移した。ベルはまだ窓の外を食い入るように見ている。公爵の要望を彼女が知らなくて幸いだ。ベルを傷つけたくはない。まして……。

ベルのふっくらしたピンク色の唇や大きなおなかを見て、アンヘルの胸はなぜか締めつけられた。ベルはどんな女性とも違う。彼女の誠実さ、勇気、正直さには畏敬の念さえ湧く。だから惹《ひ》かれ、愛してほしくなる。

ベルの愛にも報いたくなるほどだ。

アンヘルはどきりとした。

だめだ。そこまで愚かにはなれない。

マドリードの有名な美術館に着くと、アン

ヘルは運転手より先に助手席のドアを開けた。まるで彼の手助けを恐れるかのように、ベルも急いで降りてきた。

観光客の長い列から離れた静かな一画に、車は停《と》まっていた。アンヘルは公爵の車椅子を押し、美術館の管理室へ続く通用口に向かった。ナディアは公爵の隣を歩き、スペイン語で愛想よく話しかけているが、ベルはボディガードたちや父の看護師とともに後ろを静かに歩いていた。貴族といるよりは、使用人といるほうがいいのだろうか。

そうかもしれない、とアンヘルは思った。カスティリア地方のスペイン語が飛び交うなか、一行は館長のオフィスに通され、シャンパンかコーヒーを勧められた。だがベルはずっと後ろに控え、みじめそうなやつれた顔をしていた。足も痛そうだ。

いずれサンゴヴィア公爵夫人として自家用機で飛びまわるようになれば、ベルの好まない制約は増えるだろう。それはぼくも同じだが、少なくともスペイン語は話せ、スペイン人の血は流れている。しかしベルは違う。

朗らかで正直なだけに、彼女はよけい苦労するはずだ。感じよくほほえみながらきついことを言うこつを学ばなければ、ヨーロッパの上流社会ではやっていけない。そこは金だけでなく、何百年もの歴史と血筋と権力争いによってできている世界だからだ。

ぼくなら受け継いだ血と非情な性格のおかげで、その世界でも勝てる。二十年間、ビジネス界でしのぎを削り、他社をつぶしてきて闘い方なら知っているから恐怖はない。

しかしベルは違う。金も地位も欲しがらない彼女は、ニューヨークの暮らしにもやっと耐えているくらいだ。それなら庭で花の手入れをしたり、子供のためにケーキを焼いたり、学校でボランティアをしたり、隣人の世話をしたりするほうが幸せではないのか？　愛に満ちた温かな家庭で日々妻を慈しみ、家の修理をしたり、小さい娘のままごと遊びにつき合ったりする男といるほうがいいのでは？

ベルが結婚したいのは、大富豪やプレイボーイや公爵じゃない。本当に望むのは――必要なのは、彼女を愛するよき夫だ。

公爵がかすれた声で言った言葉を、アンヘルは思い出した。

〝ここで、我々の世界であの女が幸せになれるのか？　酷な仕打ちだぞ。子供にとってもな。別れてやれ〟

ベルは疲れた足で最後の階の階段を上り、城の塔にある寝室でベッドに倒れこんだ。

アンヘルとナディアとサンゴヴィア公爵が褒めたたえられるあいだ、ずっと避けられ無視されて、身も心も疲れ果てていた。

ようやく城に戻ってほかの人が客間で一杯

やるあいだ、ベルは階上で昼寝をした。小さな円い窓から差す遅い午後の光は暖かかったけれど、感じる間もなく眠りに落ちた。

目を覚ますと、影が落ちた部屋は灰色を帯びていて、アンヘルのハンサムな顔が目の前にあった。その顎はこわばり、目は険しい。

「ここがきみの寝室なのか？　この……クローゼットみたいな場所が？」

彼との官能的な夢から覚めやらず、ベルはまごついた。「ここで何をしているの？」

「きみを晩餐《ばんさん》に連れていくために来たんだ。ナディアは誰もよこさないんだろう？」

「ええ」ベルは正直に答えた。「彼女はあなたを独り占めしたいのよ」

アンヘルが驚いた。「知っていたのか？」

「ええ。でも、あの人には渡さない」アンヘルの彫りの深い頬に手を添えると、伸びかけた髭《ひげ》が肌に触れ、ベルは勇気が湧いた。今なら正直になれる気がするのは、さっきまで二人でベッドをともにする夢を見ていたせい？

彼女はまっすぐ彼の目を見てささやいた。

「あなたを愛しているもの、アンヘル……」

気持ちを認めたことが怖くなり、ベルは震えた。彼と目も合わせられず、体を起こすと唇をぴったりと重ねてキスをした。自分から口づけをするのは初めてだった。募る恋しさから、ひしと婚約者を抱きしめる。

するど、小さなシングルベッドがある屋根

裏部屋の窓の下で、奇跡が起こった。アンヘルがベルの肩をつかみ、彼女以上に熱烈なキスを返したのだ。きみだけが救いだというように強く抱きしめられ、ベルの体には喜びがあふれた。

「愛しているわ」身を引いて黒い瞳をとらえ、はずむ声でベルは繰り返した。「わたしを愛してくれる?」

だが、アンヘルの顔は急に冷ややかになった。「きみの愛を求めたことはないよ、ベル。欲しいと思ったこともない」

とてつもない痛みに襲われ、ベルは息をのんだ。あんなキスをしておいて、次の瞬間には冷たく突き放すのはどうして?

そこでふと、合点がいった。

この冷たさもよそよそしさも、数週間前から始まっていた。

鋭いアンヘルは、わたし自身も気づかないうちから愛されているのに気づいていたのだ。だからよそよそしく、冷たくなった。プロポーズ自体も悔やんでいるのでは? 異母兄の訃報を聞いてむしろほっとしているようだったのも、これで結婚式を取りやめる口実ができたと思ったからなのかもしれない。

〝きみの愛を求めたことはないよ〟

ベルは肩を落とした。「わたしを愛することはないと、あなたは最初から言っていたわね。でも、わたしは愛してしまったの。ありのままのあなたを、これから変わっていくあなたを愛さずにいられなかった……」

アンヘルがベルの肩をつかんだ。「もうよそう」彼女の手を引っ張り、ベッドから立たせる。「話はあとだ。みながぼくたちを待っている」

二人は目も合わさずに曲がりくねった木の階段を下り、さらにいくつも階段を下りて大広間にたどり着いた。

二階分の高さがある巨大な部屋には、何百年前の絵画が何枚もかかっていた。中央には三十人は座れる長いテーブルがあるが、今夜は両端に二人だけが座っている。老いた公爵はいつものように、ベルの存在を無視していた。ナディアもいつもながら、邪悪なまでにセクシーで美しかった。

ナディアの背後の壁には古い肖像画があった。黒いヘッドスカーフと優美なドレスをまとった麗しい女性は、表情豊かな目と硬い笑みがナディアそっくりだ。

アンヘルにふさわしい伴侶はどちらかしら？　テキサスの小さな町の出身で、見た目も普通の元ウエイトレス？　それとも世界一の美女と謳われる国際的な映画スターで、アンヘルがかつて愛し、その心をつかむために十億ドル稼いだ女性？

公爵がスペイン語で何かつぶやいた。

ナディアが顔を上げ、ベルに言った。「ま

た遅刻？　食事に遅れるタイプには見えないのに、どうしてかしら」

驚いたことに、アンヘルが代わりに答えた。

「きみのせいだろうな」

ナディアが小首をかしげた。「意味がわからないんだけど」

「そんなはずはない。ベルを塔に追いやって、邪魔ばかりするのはやめてくれ」鋭く言ってから、優しい声でベルを促す。「ここに座るといい。ぼくの隣に」

食欲も湧かないままベルは食事をし、水を飲んだ。まわりは赤ワインを飲み、スペイン語で話している。未来の夫に愛していると言っても、何も起こらない。勇気は報われると思っていたけれど、そうではなかったらしい。

呆然としたまま食事をすませ、ベルは陰気で堅苦しいテーブルを立った。するとアンヘルが目で引き止め、一言言った。

「話がある」

ベルは急に不安に駆られた。

外に出た二人は、城の後ろにあるムーア式庭園に行った。頭上には城の、眼下には村の明かりがまたたき、ヤシの木のあいだや噴水にもランプがともっている。暗い谷間には月が銀色の光を投げかけていた。

アンヘルが腕組みをして、ベルの前に立った。整った顔は中世の王のように猛々《たけだけ》しい。

「さっきの言葉を撤回してくれ」

「できないわ」ベルは気を失いそうだった。自分から出ていくならまだいい。アンヘルに出ていけと言われたら、もうおしまいだ。

額にしわを寄せてさらに近づいた彼は、しゃれたスーツをまとい、黒髪を短く切っていた。ニューヨークでのもっと荒削りだった婚約者を、ベルは恋しく思った。そのときの彼は声をあげて笑ったり、無造作な髪をもどかしげにかき上げたりしていた。

「きみはこの場所が好きじゃないだろう」

「ここの人間ではないからよ」ベルは静かに言った。「でも、あなただってそうでしょう」

長いあいだ、アンヘルは黙ってこちらを見ていた。歯をくいしばっているのが月明かりでわかる。話しだした彼の声は厳しかった。

「きみをニューヨークに帰す」

「あなたはスペインに残るの？」

「そうだ」

「うれしい？」ベルは喉をつまらせながら笑い、熱い涙を手で拭った。「やっぱりね。思ったとおりだったわ。あなたは最初からわたしとは結婚したくなかった。子供のために正しいことをしたかっただけなのよ」

「その気持ちは今もある」彼が静かに言った。「だが最初に言ったように、愛はない」

正直になったばかりに、二人にはどんな未来もなくなった。愛していると言われて、ついにアンヘルはすべてを終わらせる決心をしたのだ。

「残念だ」彼がささやいた。

ベルはほほえもうとしたけれど、できるはずもなく顔をそむけた。

終わりにするなら早いほうがいい。ベルは妊娠でむくんだ指から、力いっぱい指輪を引き抜いた。アンヘルに触れるのが怖い。触れたら最後、アンヘルの体に手を這《は》わせて地面に崩れ落ち、追い払わないでと彼の足に泣いてすがりそうな気がする。ベルは指輪を差しだした。「どうぞ」

アンヘルは指輪をじっと見たまま、受け取ろうとしない。どうしてこんなに苦しめるの？　なぜさっさと手に取らないの？　ベルは指輪を彼の上着のポケットに入れた。ほほえもうとして、また失敗する。

「その指輪だけど、もともとわたしのためじゃなくて、ナディアのために買ったのね」

アンヘルはベルを見つめた。「彼女がそう言ったのか？」

「弁護士事務所でね」ベルは無理して笑い、城を見上げた。「あのハイヒールの音を聞くたび、海で鮫《さめ》を見た気分になるわ」彼のほうを向き、深呼吸をしてからなんとか言った。「でも、ナディアはあなたに似ている。ずっと前から知っていたのよね？　なぜあなたが彼女を愛しているのかわかる気がするわ」

「彼女を愛している？」アンヘルは愕然《がくぜん》とし

てきき返した。「ばかな。兄の妻だった女性だぞ。オティリオは墓に入ったばかりだ」

なぜ明らかな事実を否定するの？　ベルはいぶかしんだ。「ナディアは――あなたが愛したただ一人の女性は、もう自由の身よ。あなたは彼女にふさわしくなろうと何年も努力した。竜を退治する白馬の騎士みたいに。まるでおとぎばなしね」頭上を仰ぎ見る。「あなたたちは公爵夫妻として、スペインのお城に住むのよ」月に照らされた城から、体に合わないしわだらけの服を着て庭にたたずむ、妊婦である自分の姿に視線を戻す。「でも、わたしは誰の自慢にもならない女だわ」

アンヘルはベルの頬を包んだ。「きみのためなんだ、ベル」あくまでも静かに言う。「きみにふさわしい愛を、ぼくは捧《ささ》げられない。これできみは真の幸せを見つけられる」

胸が痛くてベルは身動きもできなかった。

「子供はどうするの？」

「テキサスできみが提案したように、共同親権を持とう。きみにも娘にも不自由はさせない。決して金には困らないようにする。ニューヨークに家も買おう。どんな家でもいい」

「わたしが欲しい家は一つだけよ。わたしが手をかけ、二人の子供の部屋があってアナとダイナがいる、今まで暮らしていたあの家よ、アンヘル」

彼はベルを見た。「すまない」

今は何もない左手に、ベルは目をやった。わたしが身を引けば、アンヘルの子供時代からの夢はすべてかなう。彼は本当の意味でソヤ家の人となり、父親もできる。次期公爵の地位も、かつて愛した女性も手に入る。

短い人生のなかで何より愛が大事なら、彼を自由にして、わたしも自由になるしかない。

悲しみに打ちのめされながら、ベルはアンヘルを見た。深く息を吸い、心にもないことを言う。「じゃあ、お別れね。明日、ここを発《た》つわ」

「今夜のほうがいい。パイロットに電話をして、飛行機を用意させよう」淡々として冷たい声には、なんの感情もこもっていなかった。

わたしの苦しい心も、彼は知らない。ああ、泣いてしまいたい。ベルの声が震えた。「そんなに早くわたしを追いだしたいの?」

アンヘルが顎に力を込めた。「決めたことはすぐ行動に移したほうがいい。きみにふさわしい男はほかにいる。その男がきみの愛に応えてくれるよ」

「あなたもそうなれたのに」ベルはささやいて、必死にほほえもうとした。頬が涙で濡《ぬ》れていても、少しは意地を見せたかった。

ある感情がハンサムな顔をよぎったが、正体がなんなのかわかる前に消えた。「これが精いっぱいなんだ」アンヘルは低い声で言った。「だからきみを手放す」

つまり婚約は円満に破棄され、二人は子供を育てるパートナーとしてやっていく。友人たちにはこう言うのだ。わたしたちは〝理解したうえで〟〝友好的に〟別れたと。

けれども、ベルの望みは違っていた。毅然《きぜん》と去るなんてできず、反抗心が頭をもたげる。もはや本心を抑えられなかった。「わたしではナディアには太刀打ちできない」ベルは喉から声を絞りだした。「逆立ちしたって無理だわ。あんなに美しくもなければ、名声もないから。でも誰にも負けないものが一つある。それは愛よ。わたしの愛は一生続くわ」涙ぐんで彼を見る。「わたしを選んで、アンヘル。そして愛して、わたしを」

一瞬、ベルは何も聞こえなくなり、月が照らす庭で気を失いそうになった。闇に不気味に浮かびあがる城がまわって見えて足がぐらつき、ベルは息をつめた。

すると、アンヘルの返事が聞こえた。というより、こわばった顎が見えた。

「だから終わらせるんだ、ベル」彼はざらついた声で言った。「きみを大切に思えばこそ、この地でぼくのために一生を――輝ける可能性を無駄にさせるわけにはいかない」

心にともったかすかな希望が消え、肩を落としてベルは言った。「そうね」五十は老けた気がした。「荷造りしてくるわ」

だが背を向けようとしたとき、アンヘルが

ベルの手首をつかんだ。「ただし……」

「ただし？」息をひそめてベルは促した。

「ぼくを愛していないと言うなら別だ。それなら予定どおりに結婚できる。ぼくが与えてやれるものしか、きみが求めないなら」

まだわたしと結婚する気があるの？

最後の希望にすがるように胸が早鐘を打ち、それからベルははっとした。

七年前、ジャスティンにプロポーズされたとき、心の底では愛されていないのがわかっていた。今ならまだ二十一歳のバージンによくそんな恐ろしい要求ができたと思うけれど、一生子供が産めない処置をするように言われたときは、愛のためならどんな犠牲も払わなくてはならないと自分に嘘《うそ》をついた。

でも、もうそんなことはしない。月明かりのもとで、ベルは静かに言った。「いやよ」

アンヘルが疑うような顔をした。「なんだって？」

ベルは顎を上げた。「わたしは映画スターでもないし、称号も財産もない。でもそれなりに価値はあるの」深々と息を吸い、彼女は物悲しくほほえんだ。「わたしは愛してくれる人が欲しいの。その相手があなたならよかったのに」

「ベル……」

おなかが急に張るのを、ベルは感じた。腰も痛いけれど、予定日まではまだ三週間あるので、陣痛ではないはずだ。胸が張り裂けそうになっているせいで、体にも影響が及んでいるにすぎない。

「あなたをずっと愛しているわ、アンヘル」涙が頬を伝うのもかまわず、ベルは彼のざらついた顎にもう一度手を添えた。「わたしたちなら幸せになれたと思う」

爪先立ちになり、アンヘルの片方の頬に、次いでもう一方の頬にキスをした。唇にも真心とありったけの愛を込めて優しく口づけして、彼の味を一生心に焼きつけた。

そして、身を切られる思いで離れた。

「さようなら」喉がつまり、涙で視界がかすむなか、ベルは城に逃げこんだ。塔の部屋まで上がり、急いで荷物をまとめる。買ってもらった高価な服は全部置いていくつもりだったので、作業は簡単だった。階下に戻ると、中庭で待つリムジンが見えた。

「荷物をお持ちします」運転手が言った。

車に乗りこんだベルが最後に城を振り返ると、蔵書室の窓にアンヘルの姿が見えた。未来のサンゴヴィア公爵、フラヴィラ侯爵夫人の未来の夫、そして独力で成功したハンサムな大富豪は死んだように冷たい目をしていた。

それからふっと、アンヘルはいなくなった。

一夜の夢のように。

11

アンヘルは蔵書室の窓辺に立ち、ベルを乗せたリムジンが闇に消えるのを見ていた。胸の奥が苦しい。彼女を手放すのは、今までの何よりもつらいことだった。

「やっといなくなったわね」

ナディアの満足げな声が背後で聞こえ、アンヘルは憤然と向き直った。濃い色の羽目板と古い革の装丁本からなる壁の前で、ナディアは突きだした腰に手を置き、こちらにほほえみかけている。その姿は甘やかされたペルシア猫のようだった。

「ベルを追いだすのに、きみも一役買ったじゃないか。塔に追いやり、使用人もやらず、婚約指輪は自分のものだったと言って」

「彼女はここにいるべき人じゃなかった」ナディアが物憂げに言った。「本人のためにも、出ていくほうがよかったのよ」

確かに。ベルを去らせた理由はそれしかない。この世の誰よりもベルは幸せにならなければならない。愛されて当然の女性だからだ。

実のところ、どこがよくてぼくのような男を愛するのかわからない。無理やりテキサスからニューヨークに連れてこられたとき、べルは懸命に溶けこもうとした。そして、とてつもなく怯《おび》えながらもやってのけた。なぜなら、ぼくがそうしてくれと頼んだからだ。アッパー・イーストサイドの冷たいモデルルームのような邸宅も、温かく居心地のいい家に変わった。傲慢な執事がいなくなり、使用人たちが楽しく働けるようになったのもベルのおかげだった。

結婚式を数時間前に取りやめても、彼女は驚くほど理解を示した。それどころか、スペインについていくとさえ言った。〝あなた一人で耐えさせるわけにはいかないわ〟

だが、この冷たい城に今はぼく一人だ。

「いつもつきまとって不快だったわ。本当にずうずうしい女」そうつぶやいてから、ナディアは急にまぶしくほほえんだ。「お義父《と》様から、あなたを捜すように言われたの。いつか、家業を継ぐのか相談したいそうよ」硬い笑い声をあげる。「あなたならオティリオより、うまくできるでしょうね。間違いないわ」

アンヘルは唐突にきいた。「兄を愛していたのか？」

彼女がまばたきをした。「愛していた？」

「どうなんだ？」

ナディアが容赦なく笑った。「オティリオはお酒と情事に溺れていた人だった。彼の死因は心臓発作だと聞いているでしょう？」

「ああ……」

ナディアは頭を振った。「本当は酔って車をぶつけたのよ。子供用リサイクル店のショーウィンドーに。夜でお店が無人だったからよかったものの、昼だったら何組の親子を道連れにしたか。そうなったら大変……公爵家の名折れよ」ため息をつく。「ともかく、あの人は美しくて有名な妻が、わたしは称号が欲しかった。わたしたちはパートナーとして、世紀の結婚に見せかけていただけよ」

パートナー……。ぼくがベルに持ちかけたのも同じだった。だが取り引きのような見せかけの結婚を、誰が望む？　人生で最も大切な絆《きずな》で結ばれたふりをしたがる？

ベルが拒んだのも当然だ。

あの質素な屋根裏部屋の暗がりで、ベルは愛しているとささやき、こう尋ねた。〝わたしを愛してくれる？〟

これまで何も恐れはしなかったのに、あのときのぼくは恐ろしかった。もうあの大きな目にまどわされずにすむのだから、ベルが出ていったのはよかった。だが、まどわされていたらどうなっていた？

「公爵はセベラ一族との会社合併の件で、あなたに電話会議に出てほしいそうよ」

「わかった」アンヘルはうわの空で答え、ナディアのあとから蔵書室を出て、公爵の書斎に行った。心は麻痺《まひ》していた。何も感じたくなかった。そのほうが楽で安全だった。

だがその夜、アンヘルは眠れなかった。ベルを乗せた自家用機が暗い海を越える光景が、脳裏に浮かぶ。もし墜落したら？　予定日間近のベルが、機内で産気づいたらどうする？　なぜ医者をつき添わせなかった？

一刻も早くベルを遠ざけたかったからだ。それだけ必死だった。

〝あなたを愛しているわ。わたしを愛してくれる？〟

夜明けに起きたときは目がしょぼつき、昨夜以上に疲れていた。今ニューヨークは真夜中だが、かまうものか。アンヘルはパイロットに電話をした。ニューヨークには無事着いたという。ベルは空港で、いつもの運転手とボディガードに迎えられたそうだ。

「何か問題でも？」パイロットがきいた。

「いや」アンヘルは電話を切った。

心を麻痺させたまま階下に行き、アンヘルは朝食をとって新聞を読んだ。長いテーブルでは、ナディアと公爵も同じことをしている。花であふれる優雅な部屋には紙がたてる音と、磁器に銀器が当たる音だけが響いていた。

その日は一日、何も感じないようにした。父親の弁護士たちと話すときも、ニューヨークの自社が買収する予定の、東京の会社の人々と昼食抜きで長い電話会議をするときも、心を無にしていた。

ベルには連絡しなかった。彼女のことは考

えず、仕事しか頭にないようにした。感じるのはまったくの一人きりということだけ。いや、違う。ぼくは何も感じていない。

まさに望んだとおりだ。

その夜の晩餐《ばんさん》では父親と義姉が、昨夜出ていったベルを大いにけなした。「彼女の目的はお金だったのよ」ナディアが得意げに言った。「だからあなたが一生子供の面倒を見るといったら、さっさと出ていったでしょう」

アンヘルは血のように赤い赤ワインが入ったクリスタルのゴブレットを見つめた。だが、自分の心臓に血が流れているとは思えなかった。

「おまえは正しいことをした、我が息子《ミ・イホ》よ」

そう言って、すぐに老人は家業の買収話を始めた。「あの欲深い田舎者どもは売ろうとしないのだ。身のほど知らずが、わたしの寛大な申し出を拒むとは」ワインをさらに飲んだ。「それなら乗っ取るだけだ。弁護士に手紙を書かせ、技術はすでにうちが持っていると言おう。特許の状況次第では、ただで会社を手に入れることもできる」

「なんて賢い」ナディアがうなずく。

アンヘルは無言で、金縁の優美な皿だけを見ていた。その横には銀のナイフが置いてある。彼は目を閉じ、水を飲んだ。

考えられるのはベルのことだけだった。彼女はこの冷たい世界から、ぼくを救おうとしてくれた。皿の上のステーキと同じように、血の通わない男になったぼくを。

ベルはぼくの日だまりであり、ぬくもりであり、光だった。しかし、愛をくれた彼女とこれから生まれてくる娘を、ぼくは永遠に追い払ってしまった。

「いやに物静かだな、ミ・イホ」

「あまり食欲がなくて。失礼します」アンヘルはつぶやき、硬い木の椅子をきしませてテーブルを離れた。暗い廊下に出るとオークの羽目板の壁にもたれて深呼吸をし、胸にこみ上げる苦いものを押しとどめようとした。

明日、公爵は記者会見を開き、アンヘルが正式にソヤを名乗り、家業の会社も継ぐと発表する。ゆくゆくは彼の会社もその複合企業に統合され、次期公爵になるための手続きも始まるだろう。

夢見たとおり、ぼくは正当な跡取りとして、望んだものをすべて手に入れられるのだ。

なのに、かつてないほどみじめだった。

廊下で目を閉じると、ベルの香りがする気がした。柑橘《かんきつ》類と石鹸《せっけん》と太陽の香りが。

ふと、彼女が無事か確かめずにはいられなくなった。ニューヨークは昼過ぎだ。アンヘルは携帯電話を取りだし、アッパー・イーストサイドの邸宅のキッチンの番号にかけた。

家政婦のミセス・グリーンが出た。「ヴェラスケス邸でございます」

「やあ、ミセス・グリーン」アンヘルは硬い声で言った。「妻の様子は――」だが、ベルは妻でも婚約者でもなかった。二度とそうなることはない。咳払《せきばら》いをして言い直す。「ベルにはつながないでくれ。無事に帰ってきたか、確認したかっただけだ」

長い間があいた。驚き半分、悲しみ半分の声が続く。「ミスター・ヴェラスケス、ご存じじゃなかったんですか」

「ぼくが何を知らないというんだ？」

「ミス・ラングトリーは病院にいらっしゃいます……陣痛が始まりまして」

彼は電話をつかんだ。「早すぎるだろう」

「お医者様も心配しています。あの方は電話をなさらなかったんですか？」

ベルがするわけがない。子供ともども、あれだけはっきりとぼくに突き放されたのだ。

「ありがとう、ミセス・グリーン」アンヘルは静かに言って電話を切ったあと、吐き気とめまいに襲われた。

「どうかしたの？」ナディアが廊下にいた。

近くに来ないでくれ。アンヘルは思った。日だまりと石鹸の香りが、異国の花と麝香《じゃこう》のきついにおいでかき消されてしまう。

彼が握りしめた携帯電話を見て、ナディアが顔をしかめた。「悪い知らせかしら？」

「ベルが病院にいる」

「怪我《けが》でもしたの？」

「陣痛が早まったんだ」

ナディアが肩をすくめた。「だめかもしれないわね。でも向こう十八年間、あなたのお荷物になるよりはましかしら。二人とも運よく死ねば――やめて、痛いわ！」

アンヘルは怒りに駆られて、爪が食いこむほどナディアの肩をつかんでいた。

彼はぞっとして手を離した。この女性に触れるだけで虫酸が走る。「きみは蛇だ」

肩をさすりながら、ナディアが言った。

「あなたもね。だから二人は似合いなのよ」

アンヘルは歯ぎしりをした。「オティリオは葬られたばかりだぞ」

「わたしは最初からあなたが欲しかったわ、アンヘル」

「そうは思えない態度だった」

ナディアが笑みを浮かべて肩をすくめた。まだ自分の魅力を過信しているのだ。「現実を見るしかなかったのよ、ダーリン。あなたが立派になるなんて知らなかったし」小首をかしげ、長いまつげを震わせる。「それにほら、わたしは公爵夫人になりたかったし」

「きみは最低だな」

ナディアは戸惑ったように眉根を寄せた。

「あの追い払った女のほうがいいの？　待って。嘘《うそ》でしょう」鮫《さめ》を思わせる笑みが唇に浮かんだ。「彼女を愛しているのね？　甘く優しい真実の愛を見つけたってわけ？」

硬い声でアンヘルは言った。「愛は関係ない」

「いいえ、大ありよ。おなかの子もね。あんなことを言ったわたしを殺したくなったんでしょう？　両方とも愛しているから」

アンヘルはひたすらナディアを見た。

愛している？　ぼくがベルを？

ニューヨークに帰したのはベルのためだからだ。彼女は幸せになっていい。一方、ぼくはスペインで家族に必要とされている。

だが、ふと気づいた。理由はほかにもある。

この数週間、ぼくはベルへの気持ちと闘ってきた。一度愛した相手に裏切られたから、二度と愚かなまねはしないと心に誓っていた。

だがベルといると誘惑に負け、彼女のことを気にしすぎてしまう。自分より、ベルの幸せのほうが大切だった。

つまるところ、ベルを追いやって家族といるはずが、逆に家族から逃げていたのだ。ベルこそ本当の家族だから。ベルと我が子が。

だが怖くて、そうとは認められなかった。

アンヘルの膝が震えた。衝撃のあまり、胸が真っ二つに裂けそうだった。

ベルを手放したのは、心がもろくなって傷つくのが恐ろしかったからだ。彼女の愛を受け入れたら、どうなるのか怯えていた。

「本気なのね」ナディアが愕然《がくぜん》とした。すみれ色の目が怒りで細くなる。「わたしより、あんなつまらない女を選ぶの？」

ベルのあふれんばかりの楽しさと正直さ、愚かなくらいの優しさをアンヘルは思い出した。潤んだ瞳と震えるピンク色の唇で、彼女がささやいた言葉もよみがえる。〝誰にも負けないものが一つある。それは愛よ〟

初めてアンヘルは真実に気づいた。

子供のころは父に愛されたかった。偉くてお金持ちで、城から命令できる人から息子と呼ばれたいと願った。

青年のころはナディアに愛されたかった。あの冷たい美女を勝ち取れたなら幸せになれて、自慢もできると思った。

だが今日、三十五歳の今になってふと気づいた。そんな愛は幸せとは関係ない。富や権力や見た目の美しさが、愛となんの関係があるのか？　そういうものは長く続かない。

真実の愛ではないからだ。

愛とは、優しく正直な女性に心から尽くすことだ。そういう女性はぼくを笑わせ、支えてくれ、いいときも悪いときも守り、慕ってくれる。我が子を大切にして、我が家の真ん中、心の真ん中にいてくれる。

幸せになる方法は一つしかない。ベルがしたように、持てるすべてを与えることだ。

ベルのためなら、ぼくは喜んで死ねる。しかしそれ以上に大事なのは、彼女のために生きることだ。

〝わたしを選んで、アンヘル。そして愛して、わたしを〟

それこそが愛であり、家族だ。命令に従わせるのが愛ではない。公爵のようにいい使い道が見つかるまで無視することでも、ナディアのようにほかにいい相手がいたら捨てることでもない。

愛とは受け入れ、守り、いいときも悪いときも決して裏切らないことだ。

〝わたしの愛は一生続くわ〟

それこそが愛だ。アンヘルは息をのんだ。ベルこそ本当の家族で、ぼくの愛する人だ。

そのベルは今、ニューヨークにいる。そして、一人きりで子供を産もうとしている。

アンヘルは財布を調べた。パスポートは入っていた。「行かなくては」

「どこに?」ナディアはひどく慌てた。「明日の記者会見はどうするの?」

「知るものか」

「わたしたちを捨てるつもり?」

アンヘルは最後にナディアを見た。「残念だが、きみのことは好きではない。あの老人もだ。正直な話、きみたち二人もぼくが好きではないだろう? 使い道が見つかるまで無視してきたんだからな」

「でも、あなたは跡取りになるべき人なのよ」彼女が泣き叫んだ。「わたしを公爵夫人にしてくれるでしょう?」

アンヘルは鼻を鳴らし、首を振った。「公爵に伝えてくれ。跡取りが欲しければ、きみと結婚したらどうだと」

ナディアを残し、彼はサンゴヴィア城をあとにした。二度と戻る気はなかった。

子供のころの願いともおさらばだ。今の願いは一つしかない。真実の愛のためなら、ぼくはなんでもする。心でも魂でも捧《ささ》げよう。

「あと少しよ」友人のレティが励ました。

痛みにむせび、あえぐうちに陣痛はおさまった。ベルは病院の個室のベッドにいた。脚には毛布がかけてある。勇敢にも麻酔はしないと医者に言ったが、今は後悔しきりだった。

すでに陣痛は何時間も続いていたけれども、まだいきむ段階ではなかった。早く生まれたがった娘は、急に迷っているらしい。

「よく頑張っているわ」レティが言い、痛そうに手を離して氷の入ったカップを取った。

ベルはありがたくカップを受け取り、氷を口にした。陣痛がないと、疲れと喉の渇きに襲われる。すぐに次の痛みが来るのはわかっていた。「そばにいてくれてありがとう」ベルはささやいた。「あなたの指が折れていないといいんだけれど」

「大丈夫よ」レティは用心深く手を広げ、目を細くした。「今度アンヘルの顔を見たら、こんな痛みじゃすまないほど引っぱたいてやるわ。あの人でなし！」

「そんなふうに言わないで」ベルはか細い声で言った。次の陣痛が来ていた。「彼は精いっぱい……だったの。わたしを……愛せないから手放した……」

ドアの外の廊下が騒がしくなり、二人はそちらを向いた。母と子の心拍を観察する機械の音よりもやかましい。「何事かしら」ベッドのそばにいる看護師が眉根を寄せ、部屋を出ていった。

けれども騒ぎは静まらない。ベルはおなかを抱えてあえいだ。「行って見てきて」

「あなたを一人にはしたくないわ」勇ましくレティが宣言した。

「なんなのか……気になるから……」

しかたなさそうにレティは出ていった。

すると、本格的なわめき合いが始まった。一瞬ベルは陣痛も忘れ、病院の廊下で第三次世界大戦でも起こったのかと心配になった。

わめき声が急にやんだ。壊れそうな勢いでドアが開くと、予想もしなかった姿が現れた。ドア口に立っているのはアンヘルだ。背丈も、広い肩幅も、黒く輝く瞳も間違いない。

これは夢？　わたしは死んだの？

痛みが強くなり、ベルはむせびながら手を伸ばした。すかさず、アンヘルがそばに来てベルの手を取った。すると、ベルは今まで以上の痛みにも耐えられるようになった。彼のたくましい手だと好きなだけ強く握っていられるし、我慢しなくてもいい。だから手をぎゅっとつかみ、苦痛の声をあげた。

陣痛がようやく引くと、アンヘルの目には涙が光っていて、ベルは慌てた。「手が痛かったの？」不安そうにきく。

「手？」当惑して自分の手を見下ろし、それから首を横に振った。「大丈夫だ」

「だったらなぜ――」

「許してくれ」彼は苦しそうな声で訴えた。

ベルが目をみはるなか、アンヘルはベッドの足元にひざまずいた。それから顔を上げ、魂にも届くようなまなざしでベルを見た。

「ぼくは臆病だった」アンヘルはささやいた。「心のなかにあるものを認めるのが怖くて、きみを追いやれば安全だと、一生何も感じずにいられると思った。だができなかった」顎に力がこもる。「そうしたくなかったんだ」

「何を言っているの？」

「きみのすべてが欲しくても、怖くて手が出せなかった。何もかもぼくにはもったいない。それでもきみが必要なんだ、ベル」アンヘルが息を吸った。「愛している」

ベルはあっけに取られた。「あなたが愛せるのはナディアだけだと……」

「ナディア？」彼が鼻であしらった。「彼女は自慢できるだけだ。絵画や広大な牧場のように。きみは誰の自慢にもならない」

心が沈み、ベルは唇をかんだ。「そうね」

「自慢するものではないからだ」アンヘルが熱を込めて続けた。「きみはそれ以上だ。ぼくの理想の女性にして対等なパートナーであり、魂の片割れにして愛だ。そうなってくれるならだが、ぼくの妻でもある」

ベルは息をのんだ。「あなたの――」そこで次の陣痛が来て、彼女は必死に手を伸ばした。アンヘルが腰を上げてまたその手をすかさず取り、胸に押し当てる。激痛がさらに増し、ベルは荒い呼吸を繰り返した。

何時間にも思えるあいだ、アンヘルが手を握りつづけ、スペイン語と英語で話しかけ、慰めてくれたおかげで、ベルは痛みを乗りきった。ようやく陣痛がおさまったとき、看護師が毛布の下を見てすばやくうなずいた。

「先生を呼んできます」

アンヘルとしばらく二人きりになったとき、ベルは深々と息を吸った。「そばにいてくれてありがとう。この子のために」

彼の表情が悲しみで曇った。「子供のためだけか？　遅すぎて、許してはもらえないほどきみを傷つけてしまったのか……」

ベルは震える声できいた。「本当にわたしを愛しているの？」

黒い瞳が驚きと希望に輝いた。「全身全霊できみを愛している」アンヘルはベッドに身を乗りだし、ベルの汗ばんだ額に優しくキスをした。「ぼくを愛してくれ。そしてぼくを許し、結婚してくれないか?」

夢を見ているのかしら、とベルは思った。でもどちらでもかまわない。「ええ」

アンヘルが身を引き、喜びに満ちた目で見つめた。「結婚してくれるのか?」

言葉が出てこず、ベルはうなずいた。アンヘルが急いでドアを開けに行き、二人の人物を呼び入れた。一人は普通の黒いスーツを着た男性だった。そしてレティは、病院のギフトショップの袋を手に持っている。

「こちらはジョン・アルバレスで、病院の牧師だ」アンヘルが紹介した。「ぼくたちの結婚式を執り行ってくれる」

ベルはあっけに取られた。「今から?」

「おや、忙しかったかな?」彼がからかう。

ベルは鼻を鳴らし、それから真顔になった。

「でも……こんなところで?」

「結婚許可証は取ってある。きみを妻にしないでは、あと一秒も生きられない」彼女の頬に手を添える。「愛しているよ、ベル」

ゆっくりとベルの唇に笑みが広がった。

「わたしも愛しているわ」流れる涙を拭いもせず、彼女はささやいた。アンヘルをベッドのそばに招き、幸せな笑みを浮かべてキスをする。それから、次の陣痛にうめいた。「でも急がないと」

病院のギフトショップにあった素朴な金の

指輪がたちまち互いの指にはめられ、牧師が夫婦の宣言をした。

「ご家族以外の方は出てください！」看護師が牧師とレティを廊下に追い立てる。入れ替わりに、医者が駆けこんできた。

「さて、ベル」医者がほほえんだ。「いきむ用意はいいですか？」

四十五分後、誕生した娘は祖母と祖父の名前を取って、エマ・ジェイミー・ヴェラスケスと名づけられた。三千九百グラムの赤ん坊をいとしげに腕に抱いているのは夫――わたしの夫だと思うと、ベルは感無量だった。

「おまえに会いたい人がいるよ」アンヘルが笑顔で娘に話しかけ、ベルに渡した。

奇跡に等しい赤ん坊を見つめたベルは、こぼれる涙を拭おうともしなかった。「なんてきれいな子かしら」

「母親に似てね」アンヘルが言った。ベルの額に、それから眠る我が子にこのうえなく優しいキスをして、妻に目を戻す。「愛しているよ、ミセス・ヴェラスケス」

初めてそう呼ばれて、ベルは息をのんだ。

レティがドアから顔をのぞかせ、無事を確かめてからなかへ入ってきた。赤ん坊に笑みを向け、アンヘルのほうを向く。「さっきの平手打ちだけれど、許してくれる？　今になって、なんだか悪い気がしてきて」

「自分でまいた種だ」アンヘルが少々哀れっぽく

ぼく顎の具合を確かめた。「指輪のことでは恩に着るよ」

レティがにっこりした。「どういたしまして。選ぶのは楽だったわ。金かキャンディの指輪しかなかったから。さて、愛するお二人、牧師様が追いだされて省かれた部分が残っているわ」二人を交互に見て言葉を継ぐ。「では、花婿は花嫁にキスを」

アンヘルが黒い瞳をきらめかせてベルを見つめた。「最高の日にふさわしい、最高の締めくくりだな」

ベルは涙ながらにほほえんだ。愛も幸せも、いつも自分の目の前を素通りするばかりだった。誰のためであっても夢を諦めた以上、明るい未来はもう訪れないと思っていた。

でも人生はそんなものじゃない。

日々が新しい始まりであり、新しい奇跡なのだ。結婚一日目であると同時に娘が誕生して一日目の今日、生涯を誓うキスを夫がしてくれたからわかる。すべてはここから始まるのだ。

子供が生まれる直前に病院で急いで結婚した事実を、アンヘルの二人の親友は決して忘れさせてくれなかった。

「安っぽい即席の結婚など、絶対にしないと言っていなかったか?」市庁舎で結婚したダレイオス・キュリロスが言った。

「結婚自体、しないと言っていたよな?」カシウス・ブラックは、ニューオリンズでとてつもなく派手な式を挙げていた。

アンヘルはにやりとした。「人間、気が変わることもあるだろう?」

テキサス式のバーベキューを三回おかわりした三人は、アッパー・イーストサイドの邸宅の舞踏室の隅で特大のソファに座っていた。生後六週間のエマの洗礼を祝うパーティは、非公式の結婚披露宴でもあった。友人や親戚がひしめく家族の集まりには、ベルの二人の異父弟はもちろん、近所や使用人やその家族たちも加わり、シャンパンとビール、バーベキュー、とうもろこし、自家製アイスクリームを楽しんだ。その日は十一月で感謝祭のころだったが、どんなパーティにしたいかベルには考えがあった。

テーマは〝楽しい故郷〟だ。

そういうわけでカントリーバンドがにぎやかに演奏すると、招待された外国の大富豪たちは驚いた。それでもみんな気に入ったようで、見知らぬ同士もすぐに打ち解け、子供たちが駆けまわるなかでダンスに興じた。目の錯覚か、誰かのゴールデンレトリーバーも、そこらじゅうを走りまわっている……。

家族で出席しなかったのは、アンヘルの父親だけだった。最近、サンゴヴィア公爵は元義理の娘である有名映画女優と結婚して、世間をあっと言わせた。あの二人はまだ演技を続けるのだと、アンヘルはぞっとした。ベルが救ってくれなかったら、実刑判決でも受けたように、ぼくはああいう人たちと一生過ごすはめになっていたかもしれない。心と魂を危険にさらす勇気を、妻は教えてくれたのだ。

愛とはなんなのか、その本当の意味も。

三人の夫は霜のついたマグでビールを飲みながら、大勢の招待客を眺めた。アンヘルは腕のなかで眠る娘を見下ろした。わずか六週間で、父親業は板についていた。

妻子を連れてパーティにやってきたカシウスとダレイオスも、アンヘルの腕のなかの丸々とした赤ん坊を見つめた。

「赤ん坊はかわいいな」カシウスが言った。

「寝ているときは特にな」ダレイオスが続く。

「確かに」カシウスがうなずいた。

「では、眠る赤ん坊と……」アンヘルはビールのマグを掲げた。「美しい妻たちに」赤ん坊が目を覚まさないようにそっと、三人でマグを合わせる。

人であふれるなかにベルの姿を見つけて、いつものようにアンヘルははっとした。

我が家という世界の中心にいるベルは美しかった。長い髪は下ろし、曲線が美しい体は柔らかな赤いドレスに包まれている。視線を感じたベルと目が合い、たちまちアンヘルの体には衝撃が走った。

この世に自分の居場所があるのが、ぼくの子供のころからの夢だった。家庭と家族が欲しいという願いは、思いもよらないやり方でかなった。もともとあった家族ではなく、どちらも自分でつくったのだ。ベルと一緒に。

すべては偶然だったのだろうか？　それともベルに出会った瞬間から、彼女が魔法を使ってくれるとわかっていたのか？

笑えるのは、おとぎばなしの騎士よろしく、ナディアのために竜を退治したとベルに言われたことだ。とんでもない。ぼくは金を稼いだだけで、なんの危険も冒さず、誰も救わなかった。救ったのはベルのほうだ。

そうとも、騎士は彼女だ。ぼくの魂を救ってくれた偉業には、一生感謝しよう。

明日から二人は、エマを連れて二カ月のハネムーンに出かける予定だった。披露宴はベルが計画したので、ハネムーンはアンヘルが引き受けた。どこに行きたいかときくと、ベルは即答した。〝パリか、ロンドンね〟唇をかんで続ける。〝ドイツのクリスマスマーケットも東京のネオンも見てみたいし、それと……〟彼女はそこで首をかしげた。〝オーストラリアのグレートバリアリーフはどうかしら？〟ため息をつき、かぶりを振る。〝わたしが決めるんじゃなくてよかったわ！〟

結局、二人はその全部をまわることにした。エマはベビーフードも食べないうちから、旅慣れた子供になりそうだ。

舞踏室では、笑顔のベルが特大のソファへやってきた。「楽しんでる?」

「ああ!」三人は陽気に答えた。カシウスとダレイオスは少しろれつがまわらない。ベルはアンヘルににっこりした。

「ケーキカットを手伝ってくれる?」

「喜んで」赤ん坊を大事そうに抱えたまま、彼は立ちあがった。もう片方の手で妻を引き寄せ、長くたっぷりとキスをする。まわりから口笛や歓声があがるころ、腕のなかでベルが震えるのが感じられた。

ベルが唇を離し、大きな目で夫を見た。

「今のは何?」

「きみを愛する人生の始まりとして、正しいことをしたかったんだ」アンヘルはベルの頬に手を添えてささやいた。

ベルが夫の肩に頭を持たせかけたとき、誰かの叫び声がした。「急いで! 子供たちがスプーンを手にケーキに突撃してるわ。後ろから犬も来てる!」

アンヘルはベルと笑いながら、眠るエマと一緒にケーキのほうへ向かった。みなの歓声を受けて妻をいとしげに見つめると、ベルが笑みで応える。愛に輝くその瞳を目にして、アンヘルは思った。ぼくはようやく、人生初の我が家を手に入れたのだ。

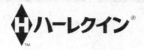

ジェニー・ルーカス

書店を経営する両親のもと、たくさんの本に囲まれて育つ。16歳でヨーロッパへの一人旅を経験し、アルバイトをしながらアメリカ中を旅する。22歳で夫となる男性に出会い、大学で英文学の学位を取得した1年後、小説を書き始めた。育児に追われている今は執筆活動を通して大好きな旅をしているという。

摩天楼のスペイン公爵

2018年1月5日発行

著　　者	ジェニー・ルーカス
訳　　者	藤村華奈美（ふじむら　かなみ）
発 行 人	フランク・フォーリー
発 行 所	株式会社ハーパーコリンズ・ジャパン 東京都千代田区外神田 3-16-8 電話 03-5295-8091（営業） 0570-008091（読者サービス係）
印刷・製本	大日本印刷株式会社 東京都新宿区市谷加賀町 1-1-1

ISBN978-4-596-13300-7 C0297

◆◆◆◆ ハーレクイン・シリーズ 1月5日刊 発売中

ハーレクイン・ロマンス　愛の激しさを知る

儚い愛人契約	キャロル・マリネッリ／漆原　麗 訳	R-3297
嘘と秘密と一夜の奇跡	アン・メイザー／深山　咲 訳	R-3298
仕組まれた愛の日々	ミシェル・スマート／東　みなみ 訳	R-3299
摩天楼のスペイン公爵	ジェニー・ルーカス／藤村華奈美 訳	R-3300

ハーレクイン・イマージュ　ピュアな思いに満たされる

氷の富豪と愛のナニー	スーザン・メイアー／木村浩美 訳	I-2497
十八歳の憧憬	ジョージー・メトカーフ／瀬野莉子 訳	I-2498

ハーレクイン・ディザイア　この情熱は止められない！

消えた記憶と愛の証	サラ・M・アンダーソン／長田乃莉子 訳	D-1785
人魚姫の偽りの結婚	キャサリン・マン／藤峰みちか 訳	D-1786

ハーレクイン・セレクト　もっと読みたい“ハーレクイン”

孤独な妻	ヘレン・ブルックス／井上絵里 訳	K-517
非情な結婚	エマ・ダーシー／平江まゆみ 訳	K-518
幼い魔女	ヴァイオレット・ウィンズピア／霜月　桂 訳	K-519

ハーレクイン・ヒストリカル・スペシャル　華やかなりし時代へ誘う

富豪貴族と麗しの花嫁	アン・ヘリス／高橋美友紀 訳	PHS-174
意外な求婚者	ジュリア・ジャスティス／木内重子 訳	PHS-175

※予告なく発売日・刊行タイトルが変更になる場合がございます。ご了承ください。